© Editora Mundaréu, 2025 (esta edição e tradução)
© Howard Zinn Revocable Trust, 2010
© Greg Ruggiero, 2010 (Prefácio)
Publicado mediante acordo com Taryn Fagerness Agency
e Sandra Bruna Agencia Literaria, SL

TÍTULO ORIGINAL *The Bomb*

COORDENAÇÃO EDITORIAL Michel Sapir Landa
PROJETO GRÁFICO DA COLEÇÃO Bloco Gráfico
ASSISTENTE DE DESIGN Lívia Takemura
PREPARAÇÃO Fábio Fujita
REVISÃO Vinicius Barbosa

IMAGENS A Editora Mundaréu gentilmente agradece ao Espólio de *Howard* Zinn pela cessão gratuita das fotografias que integram este livro.

Edição conforme o Acordo Ortográfico da Língua Portuguesa (1990)

Dados Internacionais de Catalogação na Publicação [CIP]
Aline Graziele Benitez – Bibliotecária – CRB-1/3129

Zinn, Howard, 1922-2010
   A bomba / Howard Zinn; tradução Bruno Cobalchini
Mattos. – 1. ed. – São Paulo: Editora Mundaréu, 2025.

ISBN 978-65-87955-32-2
Título original: The bomb

1. Bomba atômica 2. História militar – Guerras
3. Hiroshima (Japão) – História – Bombardeio, 1945
4. Operações militares 5. Royan (França) – História
6. Segunda Guerra Mundial 7. Segunda Guerra, 1939-1945
– História I. Título.

25-247113   CDD 980.033

Índices para catálogo sistemático:
1. Segunda Guerra Mundial: História 980.033

2025
Todos os direitos desta edição reservados à
EDITORA MUNDARÉU LTDA.
São Paulo – SP

HOWARD ZINN
A BOMBA

tradução de
Bruno Cobalchini Mattos

7   Pequenos e grandes atos de rebelião
    GREG RUGGIERO

15 Introdução

23 Hiroshima: Quebrando o silêncio
65 O bombardeio de Royan

89 Sobre o autor
91 Notas

Pequenos e grandes atos de rebelião

Greg Ruggiero

Muito antes de seu nome se tornar conhecido, Howard Zinn já era reverenciado por ativistas e educadores como um proeminente acadêmico, historiador e aliado fiel dos movimentos em prol da paz e da justiça nos Estados Unidos. Sua obra tinha raízes na tradição de desobediência que remontava aos abolicionistas, sufragistas e ao movimento trabalhista, bem como aos manifestantes antiguerra, cujos esforços mudaram drasticamente o marco legal e a consciência política do país. Seu ensino, sua escrita e seu ativismo tinham por base uma análise radical das estruturas de poder. Sua estatura como figura pública e sua bússola moral pareciam crescer a cada ano, até que, em dado momento, Zinn *de fato* se tornou famoso – não como celebridade, mas como intelectual americano de vital importância e reconhecimento popular, tal como Noam Chomsky ou Carl Sagan. Talvez as referências de Matt Damon a Zinn no filme *Gênio indomável*, de 1997, tenham marcado o momento cultural em que Howard e sua obra-prima, *A People's History of the United States*, adentraram a cultura de massa promovida pela mídia. Não há dúvida de que o filme ajudou a divulgar o livro. Pouco depois disso, *A People's History* atingiu a marca de 1 milhão de exemplares vendidos, e logo depois já não surpreendia que o nome de Howard e os títulos de seus livros figurassem na imprensa ou na TV, inclusive em programas tão improváveis como *Os Simpsons* e *Família Soprano*.[1]

Fui apresentado a Howard pela primeira vez em 1991 por meu amigo David Barsamian, da Alternative Radio. Em janeiro daquele ano, alguns amigos e eu havíamos lançado a série Open Media, pela qual publicamos, alguns meses depois, a transcrição de um discurso antiguerra de Zinn chamado *Power, History, and Warfare*. Foi o primeiro de muitos livros e panfletos de Howard que tive o privilégio de publicar.

Aprendi muitas coisas trabalhando com Howard, e quase sempre os projetos em que trabalhamos juntos eram concebidos de modo a alavancar intervenções políticas específicas em momentos estratégicos. Por exemplo, sua segunda colaboração para a série foi *Columbus, the Indians, and Human Progress: 1492-1992*. Publicado como décimo nono volume da série em maio de 1992, o panfleto foi criado para apoiar a oposição indígena às festividades que celebrariam o 500º aniversário da "descoberta" da América. Em vez de exaltar Cristóvão Colombo, Howard queria difundir informações sobre a cobiça e a crueldade de Colombo e focar em seu verdadeiro objetivo – o ouro –

e nos inúmeros povos indígenas que ele e seus subalternos abusaram e mataram para alcançá-lo. O panfleto termina com as seguintes palavras:

> Quando repensamos nossa história, não olhamos só para o passado, mas também para o presente, e tentamos fazê-lo do ponto de vista daqueles privados dos benefícios da assim chamada civilização. Tentamos alcançar algo simples, mas profundamente importante: olhar para o mundo a partir de outros pontos de vista. Conforme nos aproximamos do próximo século, precisamos fazer isso se quisermos que o século vindouro seja diferente, se quisermos que não seja um século americano, ou um século ocidental, ou um século branco, ou um século masculino, ou um século de qualquer nação, de qualquer grupo determinado, mas um século da espécie humana.

O terceiro título de Zinn na Open Media Series também foi escrito e publicado em um momento calculado – uma concisa contranarrativa para o quinquagésimo aniversário do ataque atômico dos Estados Unidos contra o Japão. Na época em que foi escrito, quase todas as reflexões sobre os atos americanos na Segunda Guerra eram expressas em termos positivos, como "a boa guerra" e "a melhor geração", e apresentadas sem nenhum tipo de leitura crítica, como a exposição no Air and Space Museum, da Smithsonian Institution, construída em torno da fuselagem do *Enola Gay* e de filmagens de arquivo mostrando sua sorridente tripulação. Em oposição ao bombardeio atômico de Hiroshima e Nagasaki, e ao próprio conceito de "boa guerra", Howard escreveu *Hiroshima: Quebrando o silêncio*, publicado pela primeira vez em junho de 1995 como o panfleto número 34 na série Open Media e agora apresentado aqui.

Howard sempre exprimiu seus sentimentos e opiniões sobre os ataques atômicos dos Estados Unidos contra o Japão com uma renovada sensação de urgência. Ele se manifestava com frequência contra a imoralidade dos bombardeios americanos em Hiroshima e Nagasaki, contra a insanidade das armas nucleares e contra as inevitáveis consequências do uso dessas armas – a matança e o ferimento indiscriminados de pessoas comuns. Mesmo após ter vendido milhares de cópias e passar muito tempo fora de catálogo, *Hiroshima: Quebrando o silêncio* ainda era importante para ele. Depois de trabalharmos juntos em seu livro de 2006 para a City Lights, *A Power Governments Cannot Suppress*, ele e eu discutimos o vindouro sexagésimo quinto aniversário dos bombardeios, marco que ocorreria no verão de 2010. Howard disse que gostaria de reimprimir o livro de Hiroshima, e tivemos a ideia de combinar em um mesmo volume o panfleto sobre Hiroshima e um ensaio anterior que ele havia escrito sobre o bombardeio dos Estados Unidos com napalm, em Royan, na França – missão de combate da qual ele participou em abril de 1945. Decidimos chamá-lo de *A bomba* e estabelecemos que Howard abriria o livro com uma nova introdução. Em dezembro de 2009, um mês antes de seu falecimento em Los Angeles, Howard me enviou um e-mail com a nova introdução, e o livro foi concluído –

outro pequeno ato de rebelião contra as versões oficiais da história e das justificativas para a guerra.

Howard amava pequenos atos de rebelião. Amava-os porque é por meio de pequenos atos que têm início todas as grandes mudanças, e talvez seu maior ato de rebelião e provocação tenha sido desviar o foco histórico dos ricos e poderosos para as pessoas comuns. Para ele, recusar-se a compactuar com a injustiça implica participar da construção de uma história do povo; enfrentar, refutar e questionar as narrativas oficiais, publicar visões dissidentes, ocupar as ruas e desobedecer são direitos inegociáveis, e quanto maior o número de pessoas com quem nos unimos em rebelião, maior será a nossa alegria.[2]

Escrevo isso na primeira semana de abril de 2010, quando o presidente Obama acaba de lançar a mais recente "Revisão da Postura Nuclear" dos Estados Unidos. Além de declarar planos para uma redução limitada dos armamentos nucleares envelhecidos e aludir vagamente à sua futura eliminação em um momento não especificado após o término de seu mandato, o anúncio desse homem que ocupa o mais importante cargo dos Estados Unidos claramente reafirma os planos do país de manter suas armas nucleares – e seu direito, em algumas circunstâncias, de utilizá-las contra populações de outros países. Embora o *The New York Times* tenha reagido com um editorial contendo a frase "Ninguém em sã consciência pode imaginar que os Estados Unidos algum dia voltarão a usar uma arma nuclear",[3] não há praticamente nenhum debate público questionando a insanidade de manter essas armas.

Acho que Howard concordaria com o autor anônimo do editorial e diria que o presidente Obama *não* está em sã consciência. Acredito que Howard diria (é uma citação de seu livro):

> É uma receita para o ciclo infindável de violência e contraviolência, terrorismo e contraterrorismo, que assolou os nossos tempos, e a única resposta para isso é: "Chega de guerras ou bombardeios, de retaliação. *Alguém* – não, *nós*! *Nós* precisamos interromper esse ciclo, agora."
>
> O argumento estratégico, que eu e outros historiadores tentamos rebater com evidências de que não existe nenhuma necessidade militar para justificar o uso da bomba, não é suficiente. Precisamos confrontar diretamente a questão moral: tendo em vista o horror imposto a centenas de milhares de seres humanos pelos bombardeios massivos nas guerras modernas, existe alguma "necessidade" estratégico-político-militar capaz de justificá-lo?
>
> E se a resposta for não, como acredito que seja, o que podemos aprender para nos libertar do pensamento que nos paralisa [...] enquanto atrocidades são cometidas em nosso nome?

Que este livrinho possa contribuir, em alto e bom-tom, para nosso questionamento coletivo a respeito desse tema, e para que possamos responder a ele, no espírito de Howard, com pequenos e grandes atos de rebelião.

Introdução

Howard Zinn

No dia em que a guerra na Europa terminou – 8 de maio de 1945, o Dia da Vitória –, a tripulação do meu bombardeiro b-17 se dirigiu de nossa base aérea em Ânglia Oriental até a cidade próxima de Norwich para participar de uma exultante celebração pela vitória. A cidade, escurecida por blecautes durante os últimos cinco anos de guerra, estava agora resplandecente de luzes, e parecia que todos os homens, mulheres e crianças estavam nas ruas dançando, gritando, chorando de alegria, passando *fish and chips* e cervejas de mão em mão e em meio a abraços.

Em julho daquele ano, voamos de volta para casa, cruzando o Atlântico no mesmo bombardeiro de quatro motores que havíamos utilizado para soltar bombas na Alemanha, Tchecoslováquia, Hungria e França. Ganhamos uma licença de trinta dias para reencontrar esposas, namoradinhas e familiares, e então seguir para o Pacífico para participar de novas missões de bombardeio contra o Japão.

Minha esposa Roslyn e eu decidimos passar o dia no campo e, na caminhada até a parada onde pegaríamos o ônibus para o interior do estado de Nova York, passamos por uma banca com uma pilha de jornais contendo imensas manchetes em grandes letras pretas: "Bomba Atômica Lançada em Hiroshima". Lembro da nossa reação: *nós ficamos felizes*. Não sabíamos o que era uma bomba atômica, mas, sem dúvida, era algo grandioso e importante que sinalizava o fim da guerra contra o Japão; e se isso acontecesse, eu não seguiria para o Pacífico e em breve poderia voltar para casa em definitivo.

À época eu não entendia o que a bomba atômica havia causado ao povo de Hiroshima. Era uma abstração, uma manchete, só mais um bombardeio, como aqueles que havíamos feito na Europa, embora, ao que parecia, de maior escala. Até hoje, a maioria das pessoas nos Estados Unidos não entende a realidade cruel de um bombardeio aéreo, uma operação militar desprovida de sentimentos humanos, um evento noticioso, uma estatística, um fato a ser digerido rapidamente e então esquecido.

Na prática, o mesmo acontece com as pessoas responsáveis por soltar as bombas – pessoas como eu, um artilheiro sentado no nariz de acrílico de um B-17 que opera a mira, observando flashes de luz lá embaixo enquanto as bombas explodem, sem ver nenhum ser humano, sem escutar nenhum grito nem ver uma única gota de sangue, totalmente alheio ao fato de que, lá embaixo, crianças podem estar morrendo, ficando cegas ou perdendo pernas e braços.

É verdade, eu estava lançando bombas a uma altura de 30 mil pés, a nove quilômetros do chão, e os bombardeiros de hoje voam mais perto do chão e utilizam computadores mais sofisticados para mirar com maior precisão o alvo das bombas. Mas a operação continua igualmente impessoal: mesmo nos chamados "bombardeios de precisão", o responsável por soltar as bombas não vê nenhum ser humano. Ele pode fazer algo impossível para mim na Segunda Guerra: mirar e atingir uma casa específica, um automóvel específico. Mas ele não tem ideia de quem está naquela casa, de quem está naquele veículo. A "inteligência" – instituição cujo nome é um equívoco monumental – o informou de que aquela casa ou aquele carro abrigam somente um ou mais "suspeitos de terrorismo".

O que se vê o tempo todo nos noticiários são termos como "suspeito de terrorismo" ou "suspeito de integrar a Al Qaeda". Ou seja, a "inteligência" não tem certeza de quem estamos bombardeando e tenta justificar o assassinato de um "suspeito" no Iraque, no Afeganistão ou no Paquistão, algo que não aceitaríamos de uma operação policial em Nova York ou San Francisco. Isso sugere, para nossa vergonha, que a vida de pessoas fora dos Estados Unidos tem menor importância.

Assim, os convidados de uma festa de casamento no Afeganistão foram mortos por um bombardeio americano direcionado a "suspeitos de terrorismo". Imediatamente após a eleição de Obama, mísseis "Predator" de drones não tripulados foram disparados no Paquistão. No segundo desses ataques, como Jane Mayer relatou em uma análise na revista *The New Yorker* sobre o bombardeio, a casa de um líder tribal pró-governo foi alvejada por engano (pela "inteligência"). "A ofensiva matou toda a família do líder tribal, incluindo três crianças, uma delas de apenas cinco anos."

Na Segunda Guerra, os equipamentos não eram tão sofisticados quanto os de hoje, mas o resultado era o mesmo: a morte de pessoas inocentes. Os bombardeiros de hoje se encontram na mesma posição em que eu estava: cumprem ordens sem questionar, alheios às consequências humanas de nossos bombardeios.

Só depois de aposentar meu uniforme é que tive uma revelação, um choque de compreensão. Aconteceu quando li o relato de John Hersey das entrevistas que ele fez em Hiroshima com sobreviventes do bombardeio, os quais contaram suas histórias com os detalhes mais brutais e aterrorizantes: "Algumas pessoas tiveram as sobrancelhas queimadas, e a pele pendia de seus rostos e mãos. Outras, por causa da dor, mantinham os braços erguidos como se estivessem carregando algo com as duas mãos".

As reportagens de John Hersey me fizeram pensar em minhas próprias missões de bombardeio, e em como lancei bombas despreocupadamente sobre cidades sem pensar no que os seres humanos lá embaixo estavam vivenciando. Pensei especificamente em minha última missão de bombardeio.

Ela ocorreu três semanas antes do término da guerra na Europa, e todos sabiam que o conflito estava praticamente encerrado. As tripulações dos bombardeiros na nossa base aérea de Ânglia Oriental esperavam que não houvesse mais missões na Europa. Certamente não havia razão para um novo bombardeio, nem mesmo a justificativa grosseira de "necessidade militar".

No entanto, fomos despertados enquanto dormíamos em nossos sacos de dormir em tendas de latão corrugado, conduzidos até caminhões com destino às salas de instruções e, mais tarde, levados à pista de voo. Eram cerca de três da manhã, o horário em que costumávamos acordar nos dias de missão, pois assim ainda restavam três horas para recebermos as instruções da inteligência, tomarmos o café da manhã e checarmos nosso equipamento antes de decolar ao amanhecer.

Durante a sessão de instruções, fomos informados de que bombardearíamos uma guarnição alemã instalada perto do vilarejo de Royan, localidade de férias na costa atlântica da França não muito distante do porto de Bordeaux. Os alemães não estavam atacando o local – apenas esperavam sentados pelo fim da guerra, mas nós acabaríamos com eles.

No verão de 1966, passei algum tempo em Royan e encontrei na biblioteca de lá a maior parte do material em que meu ensaio se baseia.

HIROSHIMA
Quebrando o silêncio

A bomba caiu sobre Hiroshima em 6 de agosto de 1945, reduzindo a cinzas e pó, em poucos instantes, a carne e os ossos de 140 mil homens, mulheres e crianças. Três dias depois, uma segunda bomba atômica caiu sobre Nagasaki e matou instantaneamente um número de pessoas que pode ter chegado a 70 mil. Nos cinco anos seguintes, outros 130 mil habitantes dessas duas cidades morreram por contaminação radioativa.

Ninguém jamais saberá os números exatos, mas os que cito aqui foram extraídos do relatório mais abrangente disponível, *Hiroshima and Nagasaki: The Physical, Medical, and Social Effects of the Atomic Bombings*, elaborado por uma equipe de 34 médicos e cientistas japoneses e, depois, traduzido e publicado nos Estados Unidos em 1981. Essas estatísticas não incluem inúmeras outras pessoas que permaneceram vivas, mas mutiladas, envenenadas, desfiguradas, cegas.

Vivemos uma época em que nossas mentes são bombardeadas com tantas estatísticas de morte e sofrimento que permanecemos impassíveis até mesmo diante de números na casa dos milhões. Somente depoimentos pessoais de indivíduos – mesmo que eles pouco representem a realidade como um todo – conseguem nos tirar desse estado de torpor.

Uma colegial japonesa, à época com dezesseis anos, contou anos mais tarde que aquela era uma bela manhã. Viu um b-29 passar voando, e então um clarão. Ela ergueu as mãos e "minhas mãos atravessaram direto o meu rosto". Ela viu "um homem sem pés, caminhando sobre os tornozelos". Ela desmaiou. "Quando acordei, uma chuva negra caía. [...] Achei que estava cega, mas abri os olhos e vi o lindo céu azul e a cidade morta. Ninguém de pé. Ninguém caminhando ao meu redor. [...] Eu queria ir para casa encontrar minha mãe."

O depoimento foi dado por Kinuko Laskey, em um inglês precário, durante uma audiência do Senado dos Estados Unidos em Washington. Precisamos relembrar o depoimento dela e de outros: "Uma mulher com a mandíbula faltando e a língua pendurada fora da boca caminhava [...] debaixo da pesada chuva negra [...] gritando por ajuda".

Em *The Making of the Atomic Bomb*, provavelmente a mais completa e vívida narrativa dessa longa, dispendiosa e sigilosa empreitada realizada no deserto do Novo México e conhecida como "Projeto Manhattan", Richard Rhodes, que até ali utilizara um tom escrupulosamente contido, descreve os resultados com inconfundível emoção:

Pessoas expostas a um raio de oitocentos metros da explosão da Little Boy foram queimadas até virar um montinho de cinzas fumegantes em uma fração de segundo, enquanto seus órgãos internos ferviam e evaporavam. [...] Os pequenos montinhos agora estavam grudados aos milhares nas ruas, pontes e calçadas de Hiroshima. No mesmo instante, aves pegaram fogo em pleno voo. Moscas e mosquitos, esquilos, animais domésticos crepitaram e se foram.

Robert Jay Lifton, psiquiatra que se recusou a trabalhar dentro dos limites ortodoxos de sua profissão, foi um dos primeiros, em seu livro *Death in Life*, a entrevistar sobreviventes. Uma estudante de primeiro ano de faculdade em Hiroshima relembrou: "O rosto dos meus amigos, que momentos antes trabalhavam energicamente, agora estão queimados e repletos de bolhas, suas roupas reduzidas a farrapos. [...] Nossa professora segura seus alunos perto de si como uma mamãe galinha protegendo seus pintinhos, e, como pintinhos recém-nascidos paralisados de terror, os estudantes enfiavam suas cabeças debaixo dos braços dela."

Uma mulher, então aluna da quinta série, lembrou: "Todos no abrigo choravam alto. [...] Não sei dizer quantas vezes gritei implorando para cortarem fora meus braços e pernas queimados."

Um dos primeiros jornalistas americanos a chegar ao local após o bombardeio foi John Hersey. Suas reportagens para a *The New Yorker* foram reproduzidas no livro *Hiroshima* e causaram a primeira onda de choque no público americano, que à época ainda comemorava o fim da guerra. Hersey entrevistou seis sobreviventes: um vendedor, a viúva de um alfaiate, um padre, um médico, um assistente cirúrgico e um pastor. Ele descobriu que, dos 150 médicos da cidade, 67 já estavam mortos, e a maioria dos demais estava ferida. Dos 1.780 enfermeiros, 1.654 estavam mortos ou tão gravemente feridos que não podiam trabalhar. Hersey relatou sua entrevista com o pastor: "O senhor Tanimoto [...] se agachou e segurou as mãos de uma mulher, mas a pele dela descascou em imensas peças em forma de luva. Ele ficou tão chocado com isso que precisou sentar por um instante. [...] Precisou repetir a si mesmo de forma consciente: 'Estes são seres humanos'".

Apenas com essas cenas presentes em nossas mentes podemos julgar os argumentos incomodamente frios que ainda circulam hoje, sessenta anos depois, que debatem se foi correto ou não enviar aqueles dois aviões naquelas duas manhãs de agosto de 1945. Que isso seja defensável escancara uma característica devastadora de nossa cultura moral.

E, no entanto, os argumentos precisam ser rebatidos, porque continuam a circular, de uma forma ou outra, toda vez que o poder organizado do Estado é utilizado para cometer uma atrocidade – seja em Auschwitz, em My Lai, na Chechênia ou em Waco, no estado do Texas, ou na Filadélfia, onde famílias da organização MOVE foram alvo de bombas incendiárias da polícia. Quando bandos de fanáticos cometem atrocidades, nós os chamamos de "terroristas", o que de fato são, e não temos dificuldade em ignorar o que os motivou. Mas quando governos fazem a mesma coisa, em uma escala muito maior, a palavra "terrorismo" não é empregada, e consideramos um indicativo pleno de democracia que esses atos sejam debatidos. Se a palavra "terrorismo" tem um significado útil (e acredito que tenha, porque define como intolerável um ato que envolva o uso indiscriminado de violência contra seres humanos para um propósito político), ele se aplica com exatidão aos bombardeios de Hiroshima e Nagasaki.

O sociólogo Kai Erikson, em sua análise do relatório da equipe de cientistas japoneses, escreveu:

> Os ataques a Hiroshima e Nagasaki não foram um "combate" em nenhuma das acepções normalmente aceitas da palavra. Tampouco foram primordialmente tentativas de destruir alvos militares, pois as duas cidades foram escolhidas por causa (não apesar) da sua alta densidade de residências civis. Se o público-alvo eram os russos, os japoneses ou uma combinação dos dois, os ataques precisavam ser um show, uma exibição, uma demonstração. A pergunta é: que estado de espírito, que arranjos morais são necessários para levar pessoas fundamentalmente decentes a se disporem a aniquilar 250 mil seres humanos apenas para marcar uma posição.

Deixemos de lado a expressão "pessoas fundamentalmente decentes", que invoca perguntas problemáticas: os americanos são mais dignos dessa alcunha do que outros povos? Não são todas as atrocidades cometidas por "pessoas fundamentalmente decentes" que foram manobradas para situações que desvirtuam o senso de moralidade comum a todos os seres humanos?

Em vez disso, examinemos a pertinente questão levantada por Kai Erikson, uma questão de imensa importância justamente porque não nos permite pensar que apenas pessoas horríveis são capazes de atos horríveis. Ela nos obriga a indagarmos: que "estado de espírito", que "arranjos morais" fariam com que nós, seja qual for a sociedade em que vivemos, por maior que seja a nossa "decência fundamental", viabilizássemos (enquanto bombardeiros, cientistas atômicos ou líderes políticos) ou simplesmente aceitássemos (enquanto cidadãos obedientes) que crianças sejam queimadas vivas em grande escala.

A reflexão não diz respeito apenas a eventos passados e remotos envolvendo outras pessoas, mas a todos nós que, hoje, convivemos com absurdos diferentes nos detalhes, mas equivalentes do ponto de vista moral a Hiroshima e Nagasaki. Diz respeito à acumulação contínua (principalmente por parte dos Estados Unidos) de armas atômicas mil vezes mais mortíferas e 10 mil vezes mais numerosas do que aquelas primeiras bombas. Diz respeito ao gasto anual de 1 trilhão de dólares com armas atômicas e "convencionais" (como são sobriamente designadas) enquanto 14 milhões de crianças morrem todos os anos por falta de comida ou de tratamento médico.

Teríamos, portanto, de analisar o ambiente psicológico e político que permitiu o lançamento de bombas atômicas e a defesa desse ato como legítimo, como necessário. Ou seja: o clima da Segunda Guerra Mundial.

Era um clima de legitimidade moral inconteste. O inimigo era o fascismo. As brutalidades do fascismo eram deliberadamente indisfarçáveis: os campos de concentração, o assassinato de oponentes, as torturas pela polícia secreta, a queima de livros, o controle total da informação, as gangues errantes de bandidos nas ruas, a designação de raças "inferiores" que mereciam ser exterminadas, o líder infalível, a histeria em massa, a glorificação da guerra, a invasão de outros países, o bombardeio de civis. Nenhuma obra literária de ficção seria capaz de criar um monstro mais horrendo. Não havia, de fato, nenhuma razão para questionar que o inimigo na Segunda Guerra era monstruoso e precisava ser contido antes que pudesse atingir novas vítimas.

Mas é justamente esse tipo de cenário – em que a maldade do inimigo está fora de questão – que produz uma legitimidade perigosa não só para o inimigo, mas também para nós, para inúmeros espectadores inocentes e para as gerações futuras.

Conseguíamos julgar o inimigo com alguma clareza. Mas não a nós mesmos. Se fizéssemos isso, talvez reparássemos em alguns fatos que nos impediam de perceber como era simplista o raciocínio segundo o qual, sendo o inimigo dotado de um mal inquestionável, nós seríamos inquestionavelmente bons.

O pronome "nós" é o primeiro fator de engano, porque funde a consciência individual dos cidadãos e as motivações do Estado. Se a nossa (dos cidadãos) intenção moral em participar da guerra era clara – no caso, derrotar o fascismo e interromper as agressões internacionais –, presumimos a mesma intenção da parte de "nosso" governo. De fato, foi o governo que proclamou esses problemas morais a fim de mobilizar a população em torno da guerra, levando-nos a presumir que nós, governo e cidadãos, temos os mesmos objetivos.

Esse tipo de engano tem um vasto passado histórico, passando pelas guerras do Peloponeso no século v a.C. e pelas Cruzadas e outras guerras "religiosas" até chegar aos tempos modernos, em que é preciso mobilizar grandes estratos da população, e a tecnologia comunicacional moderna é empregada para disseminar slogans mais sofisticados de pureza moral.

No caso do nosso país, cabe relembrar a expulsão dos espanhóis de Cuba, supostamente para libertar os cubanos, mas, na verdade, para abrir Cuba aos nossos bancos, ferrovias, empresas de produção de frutas e Exército. Convocamos nossos jovens e os enviamos para um massacre na Europa em 1917 a fim de "tornar o mundo seguro para a democracia". (Repare como é difícil evitar o "nós", o "nosso", que assimilam governo e povo em um corpo indiscernível, mas isso pode ser útil para nos lembrar de que somos responsáveis por aquilo que o governo faz.)

Na Segunda Guerra, a presunção de uma motivação comum para governo e cidadãos era mais fácil de aceitar, dada a evidente barbárie do fascismo. Mas podemos aceitar a ideia de que Inglaterra, França e Estados Unidos, com sua longa história de dominação imperial na Ásia, na África, no Oriente Médio e na América Latina, lutavam contra agressões internacionais? Que lutavam contra agressões alemãs, italianas e japonesas, não há dúvida. Mas e contra as nossas próprias agressões?

De fato, embora a necessidade desesperada de apoio à guerra tenha trazido à tona a linguagem idealista da Carta do Atlântico, com suas promessas de autodeterminação, após o término da guerra os povos colonizados da Indochina precisaram lutar contra os franceses; os indonésios, contra os holandeses; os malaios, contra os britânicos; os africanos, contra as potências europeias; e os filipinos, contra os Estados Unidos, a fim de fazer valer a promessa.

A questão da "motivação" para os Estados Unidos entrarem em guerra com o Japão é evocada por Bruce Russett em seu livro *No Clear and Present Danger*:

> Ao longo da década de 1930, o governo dos Estados Unidos pouco fizera para resistir aos avanços japoneses no continente asiático. [Mas:] A região do Sudoeste do Pacífico tinha inegável importância econômica para os Estados Unidos – à época, a maior parte da borracha e do estanho do país vinha de lá, bem como quantidades substanciais de outras matérias-primas.

Um ano antes de Pearl Harbor, um memorando elaborado pelo Departamento de Estado a respeito da expansão japonesa não mencionava a independência da China ou o princípio de autodeterminação. Tratando mais uma vez da motivação americana, ele dizia:

[...] nossa posição geral diplomática e estratégica seria consideravelmente enfraquecida – pela perda dos mercados chinês, indiano, e dos mares do sul (e pela perda de boa parte do mercado japonês para nossos bens, dado que o Japão se tornaria cada vez mais autossuficiente), bem como pelas restrições incontornáveis de nosso acesso a estanho, borracha, juta e outros produtos vitais das regiões da Ásia e da Oceania.

O discurso soa familiar. Pouco depois da Segunda Guerra, no início dos anos 1950, um imenso auxílio americano aos franceses (que lutavam pela manutenção de sua colônia anterior à guerra na Indochina) foi acompanhado por declarações em prol da legitimidade e da necessidade de lutar contra o comunismo. Mas o memorando interno do Conselho de Segurança Nacional falava da necessidade que os Estados Unidos tinham de estanho, borracha e petróleo.

Declarações moralizantes sobre autodeterminação, repletas de nobres palavras, constavam da Carta do Atlântico, segundo a qual os Aliados "não buscam nenhum engrandecimento, seja este territorial ou de outra natureza". Entretanto, duas semanas antes da Carta, o secretário de Estado dos Estados Unidos em exercício, Sumner Welles, tranquilizava o governo francês: "Este governo, consciente de sua tradicional amizade com a França, tem profunda simpatia pelo desejo do povo francês de manter seus territórios e preservá-los intactos".

É compreensível que as páginas da história oficial do Departamento de Defesa sobre a Guerra do Vietnã

(*The Pentagon Papers*) tenham sido marcadas como "ALTAMENTE SECRETAS – Material sensível", pois nelas se revelava que, no final de 1942, o representante pessoal do presidente Roosevelt havia garantido ao general francês Henri Giraud: "Entendemos perfeitamente que a soberania francesa será restabelecida assim que possível em todos os territórios, metropolitanos ou coloniais, sobre os quais a bandeira francesa tremulava em 1939".

Quanto às motivações de Stálin e da União Soviética, seria absurdo sequer perguntar se eles lutavam contra o Estado policial e contra as ditaduras. Contra a ditadura alemã, sim; contra o Estado policial nazista, sim; mas não contra o seu próprio. Antes, durante e depois da guerra contra o fascismo, o fascismo dos gulags persistiu e até se expandiu.

E se foi possível enganar o mundo para que este pensasse que o objetivo da guerra era acabar com a intervenção militar de grandes potências em questões que diziam respeito a países mais fracos, os anos do pós-guerra logo desmancharam essa ilusão: os dois vitoriosos importantes – os Estados Unidos e a União Soviética – enviaram seus Exércitos, ou Forças Armadas de sua esfera de influência, a países na América Central e no Leste Europeu.

Teriam as forças aliadas ido à guerra para salvar os judeus da prisão, da perseguição e do extermínio? Nos anos anteriores à guerra, quando os nazistas já haviam iniciado seus ataques brutais contra os judeus, Estados Unidos, Inglaterra e França permaneceram em silêncio. O presidente Roosevelt e o secretário de Estado Hull relutavam em adotar uma posição contrária às medidas antissemitas na Alemanha.

Pouco depois de os Estados Unidos entrarem na guerra, começaram a surgir relatórios de que Hitler planejava a aniquilação dos judeus. Reiteradamente, o governo Roosevelt deixou de agir quando teve a oportunidade de salvar judeus. Não há como saber quantas pessoas teriam sido salvas por diversas vias que acabaram ignoradas. O que fica claro é que salvar a vida de judeus não foi a maior das prioridades.

O racismo de Hitler era brutalmente explícito. O racismo dos Aliados, com sua longa história de subjugação das pessoas não brancas ao redor do mundo, parecia ter sido esquecido por todos, exceto pelas próprias pessoas subjugadas. Muitos deles, como Gandhi na Índia, tinham dificuldade de demonstrar entusiasmo por uma guerra travada por potências imperiais que conheciam muito bem.

Nos Estados Unidos, apesar de tentativas enérgicas de mobilizar a população afro-americana em torno da guerra, a resistência era nítida. A segregação racial não era um fenômeno exclusivo do Sul, mas uma política nacional. Ou seja, a Suprema Corte dos Estados Unidos havia declarado em 1896 que a segregação estava de acordo com a lei, e isso ainda valia na época da Segunda Guerra. Não foi o Exército confederado, mas as Forças Armadas dos Estados Unidos que segregaram os negros dos brancos durante toda a guerra.

Um estudante de uma universidade negra disse ao seu professor: "O Exército nos discrimina como as leis Jim Crow. A Marinha só nos permite servir como trabalhadores braçais subalternos. A Cruz Vermelha rejeita nosso sangue. Os empregadores e sindicatos nos excluem. Os linchamentos continuam. Somos segregados, proibidos de votar, cospem em nós. O que Hitler poderia fazer que seria pior do que isso?"

Quando o líder da NAACP (National Association for the Advancement of Colored People), Walter White, repetiu esse depoimento a uma plateia formada por milhares de pessoas na região Centro-Oeste dos Estados Unidos, esperando reprovação, ele deparou com outra coisa: "Para meu espanto e minha surpresa, a plateia irrompeu em aplausos tão entusiasmados que levei trinta ou quarenta segundos para silenciá-los".

Muitos negros concordavam com a célebre frase de Joe Louis, de que "há muitas coisas erradas aqui, mas Hitler não irá resolvê-las". E muitos estavam ansiosos para demonstrar sua coragem em combate. Mas sobre o idealismo da guerra contra o fascismo pairava a nuvem da longa história do racismo americano.

O argumento de que a guerra contra o Eixo era, em grande parte, uma guerra contra o racismo passaria por outro teste: o tratamento dispensado aos nipo-americanos na Costa Oeste. Os nazistas incomodavam, mas, no caso dos japoneses, havia um fator especial – a raça. Após Pearl Harbor, o congressista John Rankin, do estado do Mississippi, disse: "Sou a favor de capturarmos agora mesmo todos os japoneses nos Estados Unidos, no Alaska e no Hawaii, e enfiá-los em campos de concentração. [...] Malditos sejam! Vamos nos livrar deles agora!".

A histeria antijaponesa cresceu. Racistas, tanto militares quanto civis, convenceram o presidente Roosevelt de que os japoneses da Costa Oeste constituíam uma ameaça à segurança do país e, em fevereiro de 1942, ele assinou a Ordem Executiva 9.066. Isso deu ao Exército o poder de prender, sem garantias, indiciamentos ou audiência prévia, todos os nipo-americanos da Costa Oeste, a maioria nascida nos Estados Unidos – 120 mil homens, mulheres e crianças –, retirá-los de suas casas e transportá-los para "campos de detenção" que, na realidade, eram campos de concentração.

Michi Weglyn, que era uma garotinha quando foi tirada de casa com sua família, respondeu à descrição do bombardeio de Pearl Harbor por Roosevelt como "uma data que perdurará na infâmia" em seu livro *Years of Infamy*. Em suas páginas, ela relata a tristeza, a confusão e a raiva, mas também a resistência, as greves, os abaixo-assinados, os encontros de grupo e os levantes contra as autoridades nos campos.

John Dower, em *War Without Mercy*, documenta a atmosfera racista rapidamente desencadeada tanto no Japão quanto nos Estados Unidos. A revista *Time* afirmou: "O japonês médio é desarrazoado e ignorante. Talvez seja um ser humano. Nada [...] indica isso".

De fato, o Exército japonês havia cometido terríveis atrocidades na China e nas Filipinas. Assim fizeram todos os Exércitos, em todos os lugares, mas os americanos não eram considerados sub-humanos, muito embora, como relatou o correspondente da Guerra no Pacífico Edgar Jones, as forças dos Estados Unidos "fuzilaram prisioneiros, arrasaram hospitais, metralharam botes salva-vidas".

Empreendemos bombardeios indiscriminados – não atômicos, mas com muitas mortes de civis – sobre cidades alemãs. Porém, sabemos que o racismo é perverso e intensifica todos os outros fatores. E é provável que a ideia persistente de que os japoneses eram menos humanos do que nós tenha alimentado, de alguma maneira, a disposição para arrasarmos duas cidades povoadas por pessoas de outra etnia.

Seja como for, o povo americano estava preparado, do ponto de vista psicológico, para aceitar, e até mesmo aplaudir, o bombardeio de Hiroshima e Nagasaki. Um dos motivos era o de que, embora a ação envolvesse uma nova ciência misteriosa, parecia uma continuação do bombardeio massivo de cidades europeias que já vinha ocorrendo.

Ninguém pareceu perceber a ironia, mas um dos motivos para a indignação geral contra as potências fascistas era seu histórico de bombardeios indiscriminados contra populações civis. A Itália havia bombardeado civis na Etiópia durante a conquista do país em 1935. O Japão bombardeara Xangai, Nanquim e outras cidades chinesas. Alemanha e Itália tinham bombardeado Madri, Guernica e outras cidades da Espanha durante a Guerra Civil Espanhola. No início da Segunda Guerra, aviões nazistas lançaram bombas sobre as populações de Roterdã, na Holanda, e em Coventry, na Inglaterra.[4]

Franklin D. Roosevelt descreveu esses bombardeios como uma "barbárie desumana que chocou profundamente a consciência da humanidade". Mas, logo em seguida, Estados Unidos e Grã-Bretanha estavam fazendo a mesma coisa, e em escala muito maior. Os líderes dos

Aliados se reuniram em Casablanca em janeiro de 1943 e combinaram grandes ataques aéreos para alcançar "a destruição e o deslocamento do sistema econômico, militar e industrial alemão, e uma deterioração do moral do povo alemão, até o ponto em que sua capacidade de oferecer resistência armada seja fatalmente enfraquecida".

Esse eufemismo – "deterioração do moral" – era outra forma de dizer que o assassinato em massa de civis comuns por bombardeios arrasadores havia se tornado uma importante estratégia de guerra. Uma vez utilizada na Segunda Guerra, sua aceitação seria generalizada, mesmo após as nações assinarem diligentemente a Carta da ONU pleiteando o fim dos "flagelos da guerra". Os Estados Unidos adotariam a mesma política na Coreia, no Vietnã, no Iraque e no Afeganistão.

Em resumo, o terrorismo, condenado pelos governos quando realizado por extremistas religiosos ou nacionalistas, agora era adotado como política oficial. Ele ganhou legitimidade porque foi usado para derrotar certas potências fascistas. Mas manteve vivo o espírito do fascismo.

Em novembro de 1942, o líder da Força Aérea britânica, *sir* Charles Portal, sugeriu que em 1943 e 1944 seria possível despejar 1,5 milhão de toneladas de bombas sobre a Alemanha, destruindo 6 milhões de casas, matando 900 mil pessoas e provocando ferimentos graves em outro milhão. O historiador britânico John Terraine, ao escrever sobre isso em seu livro *The Right of the Line*, chama isso de "nada mais, nada menos que uma receita para o massacre".

Com a anuência dos Estados Unidos, Churchill e seus conselheiros decidiram bombardear distritos operários em cidades alemãs, e o bombardeio de saturação teve início. Houve milhares de ataques aéreos em Colônia, Essen e Frankfurt. No verão de 1943, o bombardeio de Hamburgo criou o que ficou conhecido como *feuersturm*, uma tempestade de fogo, na qual o intenso calor gerado pelas bombas sugou o ar da atmosfera e provocou ventos de furacão que espalharam as chamas pela cidade.

Em fevereiro de 1945, aviões britânicos em incursões noturnas criaram tempestades de fogo em Dresden, e aviões americanos voando durante o dia contribuíram para incendiar a cidade. Era uma cidade repleta de refugiados, e ninguém sabe quantas pessoas morreram ali. Pelo menos 35 mil. Talvez até 100 mil. Kurt Vonnegut nos deu uma ideia desse horror em seu romance *Matadouro cinco*.

Em suas memórias da guerra, Churchill descreveu o evento de forma sucinta: "Fizemos uma incursão pesada durante o último mês em Dresden, então um centro de comunicações da frente oriental da Alemanha". O piloto britânico de um bombardeiro Lancaster foi mais explícito: "Havia um mar de fogo cobrindo, segundo minhas estimativas, uns 130 quilômetros quadrados".

Um evento lembrado pelos sobreviventes ocorreu na tarde de 14 de fevereiro de 1945, quando caças americanos metralharam grupos de refugiados às margens do rio Elba. Uma mulher alemã falou sobre isso anos depois: "Corremos ao longo do Elba pisoteando cadáveres".

O ator Richard Burton, contratado para interpretar Winston Churchill em um drama televisivo, escreveu após a experiência:

Durante o processo de preparação [...], percebi pela primeira vez que odeio Churchill e todos os homens de sua estirpe. Eles percorreram corredores de poder ilimitado durante toda a História. [...] Que homem em sã consciência diria, ao ouvir as atrocidades cometidas pelos japoneses [...]: "Precisamos eliminá-los, cada um deles, homens, mulheres e crianças. Não deve restar um único japonês na face da terra"? Esse desejo simplista de vingança provoca em mim uma admiração contrariada, dada tamanha [...] ferocidade.

Os britânicos voaram durante a noite e fizeram "bombardeios por zona" sem a pretensão de atingir alvos militares específicos. Os americanos voaram durante o dia, fingindo buscar precisão, mas a elevada altura da qual eram lançadas as bombas tornava isso impossível. (Quando realizei minha prática de bombardeio em Deming, no estado americano do Novo México, antes de ir para a Europa, gostávamos de inflar nosso ego disparando bombas de uma altura de 4 mil pés e acertando um raio de seis metros a partir do alvo. Mas, a 11 mil pés, a tendência era de errarmos por uma margem de sessenta metros. Em missões de combate a 30 mil pés, podíamos errar até quatrocentos metros.)

Havia muito autoengano – não entre os líderes políticos que tomavam suas decisões com plena consciência, mas da parte dos militares de baixo escalão que as executavam. Ficamos irritados quando os alemães bombardearam cidades e mataram centenas, ou até mil pessoas. Mas agora os britânicos e americanos assassinavam dezenas de milhares em uma única incursão aérea. Michael Sherry observa em seu clássico estudo *The Rise of American Air Power*: "Poucos membros da Força Aérea faziam perguntas". (Eu certamente não fazia e participei de um bombardeio de napalm na cidade de Royan, na França, algumas semanas antes do fim da guerra na Europa.)

Jornalistas e escritores, engajados na campanha de propaganda, corroboravam a política do governo. John Steinbeck, em seu livro *Bombs Away*, disse: "Somos todos parte dos esforços de guerra".

Um mês após o bombardeio de Dresden, em 10 de março de 1945, três aviões B-29 sobrevoaram Tóquio a baixa altitude carregando cilindros de napalm e bombas incendiárias com 230 quilos de magnésio. Passava da meia-noite. Mais de 1 milhão de pessoas haviam sido evacuadas de Tóquio, mas 6 milhões permaneciam lá. O fogo se espalhou com incrível velocidade pelas frágeis residências dos pobres. A atmosfera superaqueceu, atingindo 980 graus. As pessoas pularam no rio em busca de proteção e foram cozinhadas vivas. As estimativas apontam entre 85 mil e 100 mil mortos. Morreram por falta de oxigênio, envenenamento por monóxido de carbono, radiação de calor, contato com chamas, queda de destroços ou pisoteadas (*The Lost War: A Japanese Reporter's Inside Story*).

Katsumoto Saotome tinha doze anos à época: "Era como olhar para uma foto através de um filtro vermelho, o fogo parecia uma coisa viva. Ele corria como uma criatura nos perseguindo".

Naquela primavera, incursões semelhantes ocorreram em Kobe, Nagoya e Osaka, e, no final de maio, mais um imenso bombardeio atacou o que restava de Tóquio. A cobertura de imprensa desses eventos desumanizava reiteradamente o inimigo. A revista *LIFE* exibiu a foto de um japonês queimando até a morte e comentou: "Este é o único caminho".

Quando a decisão de soltar a bomba atômica sobre Hiroshima foi tomada, nossas mentes já haviam sido preparadas. A perversidade do lado de lá era indescritível. Portanto, qualquer coisa que fizéssemos seria moralmente correta. Hitler, Mussolini, Tojo e suas equipes de generais se tornaram indiscerníveis dos civis alemães ou das crianças japonesas em idade escolar. O general da Força Aérea americana Curtis LeMay (o mesmo que, durante a Guerra do Vietnã, disse: "Iremos bombardeá-los até que voltem à Idade da Pedra") asseverou: "Não existe isso de civil inocente".

Franklin D. Roosevelt morreu em abril de 1945. Não temos como saber se as coisas teriam sido diferentes caso ele, e não Truman, estivesse na Casa Branca quando a decisão foi tomada. Mas ele era presidente durante os bombardeios de saturação em cidades alemãs e japonesas, e existe uma tendência de romantizar os presidentes mortos como se fossem mais benevolentes do que seus sucessores.

O novo presidente, Harry Truman, foi chamado a um canto e informado sobre o Projeto Manhattan. Em 8 de maio de 1945, a guerra na Europa chegou ao fim. Em junho, após travar a batalha mais sangrenta da guerra no Pacífico, forças americanas capturaram a ilha de Okinawa, apenas oitocentos quilômetros ao sul do Japão. Não havia nada entre o local e o Japão.

A esta altura (uso aqui a pesquisa de Martin Sherwin, *A World Destroyed*, bem como a de Robert Butow, que entrevistou oficiais japoneses pouco depois da guerra e escreveu *Japan's Decision to Surrender*), os japoneses começaram a se movimentar rapidamente para encerrar a guerra. Na segunda metade de junho, seis membros do Conselho Supremo de Guerra Japonês autorizaram Togo, o ministro de Relações Exteriores, a abordar a União Soviética "tendo em vista o encerramento da guerra, se possível até setembro".

O embaixador Sato foi enviado a Moscou para avaliar a possibilidade de uma rendição negociada. (Os russos, que haviam prometido entrar na guerra pouco depois da vitória na Europa, ainda estavam oficialmente em paz com o Japão.) E, em 13 de julho, o Ministro de Relações Exteriores Togo enviou uma mensagem para Sato: "Uma rendição incondicional é o único obstáculo para a paz. [...] É o mais sincero desejo de Sua Majestade ver um encerramento célere da guerra".

Os Estados Unidos haviam decifrado o código das mensagens japonesas em um momento anterior da guerra e, portanto, conheciam o conteúdo do telegrama de Togo. Mas, durante a Conferência de Potsdam, mais para o final de julho (o primeiro encontro entre Truman, Churchill e Stálin desde o fim da guerra na Europa), os Estados Unidos e seus aliados insistiram em que o Japão, já em ruínas e prestes a ser derrotado, se rendesse incondicionalmente.

O ex-embaixador dos Estados Unidos no Japão Joseph Grew e outras pessoas que conheciam um pouco a sociedade japonesa haviam sugerido um acordo muito parecido a uma rendição incondicional, com uma única concessão: permitir que o Japão ainda tivesse um imperador. O argumento era de que isso levaria ao fim da guerra mais cedo, salvando inúmeras vidas.

A rejeição dessa ideia sugere que os Estados Unidos estavam mais interessados em mostrar ao mundo – e principalmente à União Soviética – seu arsenal atômico do que em encerrar a guerra o quanto antes. De fato, após as bombas serem lançadas, e com a demonstração feita, os Estados Unidos aceitaram a santidade do imperador no pós-guerra.

Teriam Hiroshima e Nagasaki sido arrasadas apenas para marcar posição?

É difícil para nós compreendermos o Holocausto cometido pelos alemães, e talvez só seja possível compreendê-lo como uma tentativa de marcar posição sobre a inferioridade racial. É possível compreender o assassinato de 200 mil pessoas para fazer valer o poderio americano?

A impressionante pesquisa do historiador e economista Gar Alperowitz (*Atomic Diplomacy*) sobre documentos das principais figuras em torno de Truman – o secretário de Guerra Henry Stimson, o secretário da Marinha James Forrestal e o conselheiro mais próximo de Truman, James Byrnes – fornece evidências contundentes que nos levam a essa conclusão. Henry Stimson disse a Truman, pouco antes do encontro em Potsdam, que a bomba (já testada e pronta) era "uma canastra real na mão, e não podemos dar bobeira na hora de colocá-la na mesa". Byrnes alertou o presidente de que a bomba "nos permitiria ditar os termos para o fim da guerra". James Forrestal escreveu em seu diário que Byrnes estava "muito ansioso para resolver o problema com os japoneses antes que os russos entrassem em cena".

O diário secreto do presidente Truman só foi revelado em 1978. Nele, Truman alude a uma das mensagens interceptadas pela inteligência americana como "o telegrama do imperador do Japão pedindo paz". E, após Stálin confirmar que o Exército Vermelho atacaria o Japão, Truman escreveu: "Quando isso acontecer, os japas estarão acabados".

Parece que ele não queria os japas "acabados" por meio de uma intervenção russa, mas, sim, por bombas lançadas pelos Estados Unidos. Isso explica a pressa evidente de utilizar a bomba em agosto, dias antes da data marcada para que os russos entrassem na guerra, e meses antes de qualquer invasão planejada do Japão.

O cientista britânico P. M. S. Blackett, um dos conselheiros de Churchill, escreveu (*Fear, War and the Bomb*) que lançar a bomba seria "a primeira grande operação da guerra fria diplomática com a Rússia".

Em agosto de 1994, após três anos de esforços, Gar Alperowitz conseguiu pôr as mãos em oitocentas páginas de comunicações interceptadas, enfim liberadas pelo Conselho de Segurança Nacional (o órgão vinha argumentando que mantê-las em sigilo era vital para a "segurança nacional"). Esses papéis, afirma ele, "mostram que o sr. Truman foi pessoalmente informado das iniciativas de paz japonesas por canais suíços e portugueses três meses antes de Hiroshima".

Também foi revelado o relatório que um diplomata alemão enviou a Berlim após conversar com um oficial da Marinha japonesa em 5 de maio de 1945: "Como claramente existe o entendimento de que a situação é irremediável, muitos segmentos das Forças Armadas japonesas não veriam com maus olhos a proposta americana de rendição, mesmo que as exigências fossem duras". Os documentos oficiais mostraram que os analistas de inteligência dos Estados Unidos repassaram essa mensagem para os níveis mais elevados da hierarquia de comando.

Já se discutiu incansavelmente quantas vidas americanas teriam sido perdidas caso o Japão fosse invadido. Truman falou em "meio milhão". Churchill falou em "1 milhão". Esses números foram tirados do nada. A pesquisa do historiador Barton Bernstein não conseguiu encontrar nenhuma projeção de mortes superior a 46 mil em caso de invasão.

Toda a discussão sobre o número de mortos é despropositada. Ela se baseia na premissa de que seria necessária uma invasão americana no Japão para encerrar a guerra. Mas são claras as evidências de que os japoneses estavam em vias de se render. Bastaria uma simples declaração de que a posição do imperador seria mantida para encerrar o conflito, e nenhuma invasão seria necessária.

Hanson Baldwin, analista militar do *The New York Times*, escreveu pouco depois da guerra:

> Do ponto de vista militar, o inimigo se encontrava em uma posição estratégica irremediável em 26 de julho, data da exigência de rendição incondicional em Potsdam. Portanto, era essa a situação quando devastamos Hiroshima e Nagasaki. Precisávamos ter feito isso? Nin-

guém, por óbvio, pode ter certeza absoluta, mas muito provavelmente a resposta é negativa.

A Pesquisa de Bombardeios Estratégicos dos Estados Unidos, conduzida por uma equipe que entrevistou importantes tomadores de decisão japoneses logo após a guerra, chegou à seguinte conclusão oficial:

> Tendo como base a investigação detalhada de todos os fatos e amparada no depoimento dos líderes japoneses envolvidos que sobreviveram, esta Pesquisa é da opinião de que, certamente antes de 31 de dezembro de 1945, e muito provavelmente antes de 1º de novembro de 1945, o Japão teria se rendido mesmo que as bombas atômicas não houvessem sido lançadas, mesmo que a Rússia não houvesse entrado na guerra e mesmo que nenhuma invasão fosse planejada ou contemplada.

Não parece ter havido nenhum questionamento por parte de Truman ou de seus conselheiros quanto à pertinência de explodir as bombas em cidades japonesas. Para eles, a única questão era escolher o alvo, e esse trabalho foi delegado ao "Comitê Interino" liderado por Henry Stimson. Por recomendação de James Byrnes (Stimson estava ausente), o Comitê Interino decidiu que as bombas deveriam ser lançadas, "assim que possível, em um complexo bélico circundado por casas de trabalhadores [...] sem aviso prévio".

Cientistas da Universidade de Chicago, liderados pelo vencedor do Prêmio Nobel James Franck, sugeriram um uso demonstrativo da bomba em uma região despovoada para mostrar o seu poder e persuadir os japoneses a se entregarem. Ao menos um membro do Comitê Interino concordou com a ideia – o subsecretário da Marinha Ralph Bard. Mas a "Comissão Científica" do Comitê Interino, que incluía Robert Oppenheimer, principal cientista encarregado de construir a bomba, rejeitou a ideia, assim como o próprio Comitê.

Mais tarde, Oppenheimer disse que a Comissão Científica "não sabia bulhufas acerca da situação militar no Japão. [...] Mas, no fundo de nossas mentes, havia o entendimento de que a invasão seria inevitável, porque era o que nos haviam dito".

O general Dwight Eisenhower discordava da opinião predominante nos altos escalões de governo. Ele foi informado por Stimson de que a bomba estava prestes a ser usada, e mais tarde descreveu essa reunião:

> Enquanto ele recitava os fatos relevantes, experimentei sentimentos de depressão, e por isso manifestei a ele minhas graves dúvidas, primeiro com base em meu entendimento de que o Japão já estava derrotado e de que lançar uma bomba seria completamente desnecessário, depois porque achava que nosso país deveria evitar chocar a opinião internacional com uma arma cuja utilização, a meu ver, já não era fundamental enquanto medida para salvar vidas americanas. [...]

Outro dissidente, embora não esteja claro se ele expressou sua posição antes do bombardeio, foi o almirante William

D. Leahy, presidente do Estado-Maior Conjunto, que disse: "O uso dessa arma incivilizada em Hiroshima e Nagasaki não prestou nenhum auxílio material em nossa guerra contra o Japão. Os japoneses já estavam derrotados e prontos para se render".

O B-29 *Enola Gay*, partindo da ilha de Tinian, soltou a bomba sobre Hiroshima às 8h16 da manhã em 6 de agosto de 1945, e ela explodiu a uma altura de 1.900 pés sobre o pátio do Hospital Chima, 168 metros distante do alvo mirado pelo bombardeiro Tom Ferebee. O piloto, Paul Tibbets, disse: "Foi tudo impessoal".

A reação imediata do presidente Truman, ao ser informado do bombardeio, foi: "É o maior acontecimento da História". (A biografia de Harry Truman, escrita em tom de admiração por David McCullough, trata apenas superficialmente de seu envolvimento com "o maior acontecimento", ou melhor, uma das maiores barbáries, da História.)

Truman anunciou: "O mundo há de notar que a primeira bomba foi lançada sobre Hiroshima, uma base militar". A declaração era absurda. É verdade, havia contingentes militares em Hiroshima – 43 mil pessoas a serviço do Exército, e 250 mil civis. Mas a bomba matou todo mundo em seu raio mortífero, militares ou não.

Aparentemente não houve uma decisão específica de soltar a bomba (chamada de "Fat Man"; a de Hiroshima, "Little Boy") em Nagasaki três dias depois. Os preparativos haviam sido feitos e simplesmente levados adiante sem que se pensasse muito a respeito. Segundo Peter Wyden (*Day*

One: Before Hiroshima and After): "Ninguém jamais cogitou a opção de postergar o lançamento da segunda bomba".

Um dos motivos para a ausência de discussões bem pode ter sido que, enquanto a bomba de Hiroshima fissionou apenas átomos de urânio, a bomba de Nagasaki usava plutônio, e havia dúvidas se o plutônio funcionaria tão bem. Em muitos casos, operações militares foram realizadas não por necessidade militar, mas para testar novos armamentos. Vidas humanas foram sacrificadas pelo "progresso" tecnológico – isso é parte da história da "civilização" moderna.

As vidas sacrificadas na guerra podem incluir não só a do "outro", mas também a daqueles do nosso lado que se envolvem em fogo cruzado, e isso ocorre sem que haja ressentimentos, em prol de um propósito maior. Em 31 de julho de 1945, conta Martin Sherwin, uma mensagem da base aérea em Guam foi enviada a uma instância superior: "Relato de prisioneiro de guerra fonte sem confirmação fotográfica aponta localização de campo de prisioneiros de guerra dos Aliados um quilômetro e meio ao norte do centro da cidade de Nagasaki. Isso influencia a escolha desse alvo para início da operação Centerboard? Requer resposta imediata".

A resposta chegou: "Alvos previamente assinalados para Centerboard permanecem inalterados".

Portanto, houve vítimas americanas dos bombardeios realizados pelos Estados Unidos. Em 1977, um acadêmico que trabalhava para o arquivo do Ministério de Relações Exteriores no Japão encontrou uma lista de prisioneiros americanos mortos no bombardeio de Hiroshima.

O Exército dos Estados Unidos negou ter conhecimento disso e afirmou que seus arquivos de pessoal haviam sido destruídos pelo fogo. Mas um cinegrafista e documentarista chamado Gary DeWalt encontrou registros mantidos pelo principal oficial administrativo do Exército dos Estados Unidos em que constavam muitos dos nomes presentes na lista do Ministério de Relações Exteriores. O cabeçalho dizia: "Mortos durante Ação, Hiroshima, Japão, 6 de agosto de 1945". Havia dez prisioneiros de três equipes aéreas encarcerados a oitocentos metros do alvo da operação.

Alguns prisioneiros americanos foram levados a Hiroshima logo após o bombardeio por um cristão japonês chamado Fukui,[5] que, mais tarde, declarou ao cinegrafista DeWalt: "Dei ordens para que o motorista parasse; as piras funerárias ainda queimavam na cidade, e me virei para os soldados americanos: 'Olhem ali. Aquela luz azul são mulheres queimando. São bebês queimando. É maravilhoso ver bebês queimando?'".

Muitos recrutas americanos que saltaram de paraquedas no Japão após Hiroshima foram apunhalados, fuzilados e espancados até a morte por civis enraivecidos – um foi morto a pauladas e pedradas por uma multidão na ponte Aioi, o alvo de referência do *Enola Gay*.

Essas foram apenas algumas das mortes de americanos causadas pelo bombardeio dos Estados Unidos. Mais de 50 mil membros da Força Aérea morreram em combate, e, no entanto, segundo Michael Sherry, jamais houve alguma investigação séria sobre como o bombardeio em massa dessas cidades levaria a uma vitória na guerra. Um "Comitê de Analistas de Operação" estimou que os bombardeios incendiários sobre o Japão resultariam em 560 mil mortes em seis cidades, mas, diz Sherry: "Como de costume, os analistas não tentaram projetar como esses ataques aéreos ajudariam a garantir a vitória final [...]".

Muito tempo depois da guerra, em 1992, o padre George Zabelka, capelão das tropas de bombardeio que soltaram as bombas sobre Hiroshima e Nagasaki, foi entrevistado pelo periódico *Catholic Worker*, da cidade de Hartford, Connecticut:

> [...] a eliminação de civis na guerra sempre foi proibida pela Igreja, e se um soldado me abordasse perguntando se poderia atirar na cabeça de uma criança, eu teria dito que não, de modo algum. [...] Mas, em 1945, a ilha Tinian era a maior base aérea do mundo. Havia três decolagens por minuto durante o dia inteiro. Muitos desses aviões iam para o Japão com o propósito expresso de matar não uma criança ou um civil, mas de massacrar centenas e milhares de crianças e civis – e eu não disse uma palavra. [...] Jamais preguei um único sermão contra a morte de civis para os homens que as perpetravam. Porque sofri uma lavagem cerebral. Jamais passou pela minha cabeça protestar em público. [...] Disseram-me que eu era necessário – os militares disseram isso abertamente, e as lideranças da minha Igreja, de forma implícita. Até onde eu sei, nenhum cardeal ou bispo dos Estados Unidos se opôs a esses ataques aéreos em massa. [...] Deus estava do lado do meu país. Os japoneses eram o inimigo.

O padre Zabelka retornou a Hiroshima e Nagasaki em 1984, já idoso, para "encontrar o meu Deus [...], o único tipo de Deus que eu poderia amar e adorar, um Deus que vive na história humana e sofre ao lado das pessoas. Abomino, e só poderia ter medo de um deus capaz de sentar em seu trono como um rei impessoal, acima da angústia da humanidade." Ele morreu pouco tempo depois dessa entrevista para o *Catholic Worker*.

Assim como o padre Zabelka, ninguém fazia perguntas. Os cientistas que construíram a bomba, que, supõe-se, eram as pessoas mais inteligentes envolvidas, não fizeram perguntas, à exceção de uns poucos corajosos. Freeman Dyson era cientista e analista de operações junto ao Comando de Bombardeio da Força Aérea Real. Antes da guerra, ele se considerava um pacifista gandhiano. Mas, conforme a guerra avançava, ele arrumava justificativas o tempo todo para contemporizar as coisas feitas em cada passo do caminho. Ele escreveu sobre isso anos mais tarde em seu livro *Disturbing the Universe*. Somente ao final, com o estrago já feito, ele pensou a respeito e concluiu: "Uma boa causa pode se tornar má quando lutamos com meios indiscriminadamente assassinos".

Os cientistas que trabalharam na bomba, afirmou Dyson, "não apenas construíram a bomba – eles gostaram de construi-la". O historiador Michael Sherry descreveu o ambiente de trabalho dos cientistas como sendo de "fanatismo tecnológico".

Seria mesmo um "fanatismo tecnológico" ou apenas o crescente embrutecimento de pessoas que haviam começado com uma "boa causa" que levou o alto-comando dos Estados Unidos a ordenar, em 14 de agosto de 1945, o último dia de guerra, cinco dias após a obliteração de Nagasaki, uma incursão com mil aviões contra diversas cidades japonesas? O último avião ainda não havia retornado da missão quando Truman anunciou o fim da guerra.

O escritor japonês Oda Makoto descreveu Osaka, uma das cidades bombardeadas em 14 de agosto. À época, ele era um garotinho. Quando o céu ficou limpo, ele saiu à rua e encontrou, em meio aos cadáveres, panfletos americanos escritos em japonês que haviam sido lançados com as bombas: "Seu governo se rendeu. A guerra acabou".

Em seu livro *Lawrence and Oppenheimer*, Noel Davis descreve os cientistas do Projeto Manhattan como "homens que entregaram a Oppenheimer a custódia protetiva de suas emoções". Oppenheimer estava longe de ser um custodiante confiável, pois, embora fosse um cientista brilhante, encontrava-se tão emaranhado no fanatismo quanto todos os demais. Quando foi informado pelo general Leslie Groves, líder do Projeto Manhattan, sobre o bombardeio de Hiroshima, ele disse a Groves (Richard Rhodes, *The Making of the Atomic Bomb*): "Todos se sentem razoavelmente bem quanto a isso, e repasso os meus mais sinceros parabéns. Foi um longo caminho". (Será que esse "razoavelmente", um marcador de comedimento, indica uma ponta de dúvida?)

Mesmo aqueles que se sentiam "razoavelmente bem" devem ter sido visitados por pensamentos sóbrios quando, doze dias após o bombardeio de Nagasaki, um cientista de

24 anos de Los Alamos chamado Harry Daghlian, trabalhando em mais um experimento, expôs acidentalmente a mão direita a uma imensa dose de radiação. Suas mãos incharam, ele passou a delirar e sofreu com dores internas excruciantes, seu cabelo caiu, seus glóbulos brancos se multiplicaram, e ele morreu um mês depois. Será que os cientistas, ou uma pessoa que fosse, multiplicaram a imagem de Harry Daghlian por diversas centenas de milhares e imaginaram as cenas em Hiroshima e Nagasaki?

Nove dias após o acidente de Daghlian, a Associação dos Cientistas de Los Alamos foi constituída em Los Alamos como voz de alerta contra as mortes nucleares no mundo pós-guerra.

Alguns cientistas resistiam ao clima geral de triunfo. Leo Szilard era, de alguma maneira, responsável pelo Projeto Manhattan, pois havia persuadido Albert Einstein a escrever para Franklin D. Roosevelt em 1942 propondo uma empreitada naqueles moldes. Ironicamente, ou talvez "naturalmente", Einstein não foi aceito no projeto secreto. Vannevar Bush, ao escrever para o diretor do Instituto de Estudos Avançados de Princeton, onde Einstein trabalhava, disse: "Eu gostaria muito de poder mostrar tudo a ele [...], mas é completamente impossível, tendo em vista a posição de pessoas aqui em Washington que estudaram todo o histórico dele". (Sim, Einstein tinha um "histórico" de pacifista, e até de socialista.)

Szilard fez tudo o que pôde para organizar uma oposição ao lançamento das bombas. Antes mesmo que a bomba fosse testada, ele preparou um memorando para o presidente Roosevelt no qual antevia o futuro: "Talvez o maior perigo que enfrentamos é a probabilidade de que nossa 'demonstração' das bombas atômicas desencadeie uma corrida entre Estados Unidas e Rússia pela produção desses aparatos". (De fato, 24 horas depois do bombardeio de Hiroshima, Stálin deu ordens aos cientistas soviéticos para que estes começassem a trabalhar em uma bomba.)

Quando a notícia do bombardeio se espalhou, Szilard escreveu uma carta a um amigo cientista: "Suponho que você tenha lido os jornais de hoje. Usar bombas atômicas contra o Japão foi uma das maiores cagadas da História".

Chamar de "cagada" não era o mesmo que confrontar diretamente a questão. Mas houve quem tenha feito isso.

Dwight Macdonald, que durante a guerra produziu com sua esposa, Nancy, a revista *Politics*, um veículo aberto a pontos de vista não ortodoxos, já se manifestara contra o Holocausto nazista: "O que antes era feito apenas individualmente por assassinos psicopatas, agora foi feito pelos governantes e servidores de um grande Estado moderno". Após o bombardeio de Hiroshima, Macdonald escreveu:

> OS CONCEITOS "GUERRA" E "PROGRESSO" AGORA ESTÃO OBSOLETOS. [...] A FUTILIDADE DAS GUERRAS MODERNAS DEVERIA ESTAR CLARA AGORA. Não devemos concluir, assim como Simone Weil, que os aspectos técnicos da guerra hoje são o mal, independentemente dos fatores políticos? É possível imaginar algum cenário em que a bomba atômica poderia ser usada "por uma boa causa?"

Após o bombardeio de Tóquio, Macdonald escreveu: "Não vi nenhuma manifestação de horror ou indignação em nenhum jornal ou revista de ampla circulação. Tornamo-nos insensíveis ao massacre". Ele se referia aos apologistas do bombardeio nos periódicos *The Nation* e *The New Republic* como "liberais totalitários".

Macdonald via a bomba atômica como "produto natural do tipo de sociedade que criamos. [...] Aqueles que manejam tamanho poder destrutivo são párias da humanidade. [...] Precisamos 'pegar' o Estado nacional moderno antes que ele nos 'pegue'".

O ministro da Informação britânico Brendan Bracken havia dito: "Nossos planos são bombardear, queimar e destruir sem clemência e de todas as formas disponíveis as pessoas responsáveis por iniciar esta guerra". Dwight Macdonald respondeu: "Quantos dos 1,2 milhão de civis alemães que suas Forças Aéreas bombardearam, queimaram e destruíram sem clemência até aqui você considera 'responsáveis por iniciar esta guerra'?".

De fato, muitos dos argumentos em defesa dos bombardeios atômicos se baseavam em um clima de retaliação, como se as crianças de Hiroshima tivessem bombardeado Pearl Harbor, como se os refugiados civis amontoados em Dresden estivessem no comando das câmaras de gás. As crianças americanas mereciam morrer por causa do massacre de crianças vietnamitas em My Lai?

Se o silêncio e a passividade diante de males perpetrados por líderes políticos justificam a pena de morte, então nenhuma população de nenhuma grande potência merece viver. Mas somente essas pessoas comuns, se repensarem o seu papel, oferecem uma possibilidade de mudança e redenção.

Claro, devemos entender que o povo japonês se viu capturado por um ambiente de fanatismo de guerra no qual atrocidades eram cometidas por seu governo; afinal, o mesmo aconteceu em nosso país. E devemos entender a frustração das pessoas que resistiram a esse fanatismo e, mesmo assim, se sentiram impotentes para evitar o que estava acontecendo.

Contra as alegações de uma "natureza humana" violenta, existem inúmeras evidências históricas de que as pessoas, quando libertas de histerias nacionalistas ou religiosas artificiais, tendem antes à compaixão que à crueldade. Quando os cidadãos têm a oportunidade de aprender com atos condenáveis cometidos por seus próprios governos (como os americanos aprenderam durante a Guerra do Vietnã, e os russos com seus ataques à Chechênia), eles reagem com protesto e indignação.

Enquanto as atrocidades permanecerem remotas e abstratas, continuarão sendo toleradas, até mesmo por pessoas decentes. Quando, como bombardeiro da Força Aérea, retornei da Europa ao final da guerra e me preparava para ir ao Japão, li a manchete "Bomba Atômica Lançada no Japão" e fiquei contente; a guerra acabaria. Como outros americanos, eu não fazia ideia do que se passava nos escalões superiores. E não fazia ideia do que essa tal "bomba atômica" tinha causado a homens, mulheres e crianças em Hiroshima, assim como jamais entendi de fato o que as bombas que lancei sobre cidades europeias faziam com a carne e o sangue de seres humanos.

Então li o livro *Hiroshima*, de John Hersey. E, em 1966, minha esposa e eu, em Hiroshima, fomos convidados a visitar uma "casa de repouso" na qual se reuniam sobreviventes do bombardeio. Pediram-me, na condição de cidadão dos Estados Unidos e participante de uma conferência a favor da eliminação das armas nucleares, que dissesse algumas palavras. Eu me levantei e olhei para a minha plateia composta por cegos, desmembrados e pessoas com queimaduras horrendas. As palavras ficaram trancadas em minha garganta. Não consegui falar.

Depõe a favor da sensibilidade moral do povo americano que tenham sido tomadas medidas para evitar que o público entendesse direito o que outros seres humanos haviam enfrentado em Hiroshima e Nagasaki. (Qualquer pessoa que não esteve lá jamais saberá direito.) Isso explica por que os registros fotográficos feitos em Nagasaki pelo tenente Daniel McGovern, oficial de imprensa da Força Aérea, um mês após o bombardeio, assim como outros filmes coletados por ele junto a fotógrafos japoneses, tenham sido mantidos em segredo por tantos anos.

Isso explica por que, após a rendição japonesa, as autoridades militares dos Estados Unidos estabeleceram um Código de Censura Civil proibindo todos os relatos de sofrimento atômico e tornando crime escrever ou transmitir dados a respeito disso. (Extraí essa informação de um artigo de Sadao Kamata e Stephen Salaff publicado no *Bulletin of Concerned Asian Scholars*, 1982).

Somente com o tratado de paz de 1952 esse código deixou de vigorar.

A Smithsonian Institution exerceu essa censura em nosso próprio país quando rejeitou a oferta do Museu da Paz de Hiroshima de emprestar à sua exposição um objeto que mantinha em um receptáculo de vidro: a lancheira queimada e retorcida, com o conteúdo derretido, de um estudante japonês chamado Shigeru Orimen, morto instantaneamente em decorrência da bomba. Uma japonesa de 73 anos chamada Chiyoko Kuwabara, sobrevivente do bombardeio, disse que a decisão da Smithsonian mostrava "a arrogância do vitorioso". Ela declarou: "O Japão começou a guerra, mas isso não justifica o horror das armas nucleares".

Até hoje, o bombardeio massivo de civis é justificado por intelectuais que expõem em palavras respeitáveis um argumento rasteiro e brutal: "Claro que cometemos assassinatos em massa. Mas foram eles que começaram. Nossa consciência está limpa".

Assim, Alan Cowell escreveu para o *The New York Times* (11 de fevereiro de 1995) sobre a destruição de Dresden:

> Essas pessoas argumentam isso porque o alvo dos bombardeios britânicos era uma zona residencial, e, como os alemães estavam em retirada, os ataques eram pouco interessantes pelo viés estratégico. Mas as acusações parecem ser compensadas pela evidência, sobretudo logo após a comemoração no mês passado pela libertação do campo de extermínio nazista de Auschwitz, na Polônia, de que o grande culpado é [...] Hitler.

Esse argumento sugere que o slogan "Nunca Mais" vale apenas para os outros, e jamais para nós. É uma receita para o ciclo interminável de violência e contraviolência, para o qual a única resposta possível é: "Chega de guerras, bombardeios ou retaliações. *Alguém* – não, *nós*! *Nós* precisamos interromper esse ciclo, agora".

O argumento estratégico, que eu e outros historiadores tentamos rebater apontando indícios de que não havia necessidade militar de usar a bomba, não basta. Precisamos confrontar a questão moral de forma direta: existe alguma "necessidade" militar-político-estratégica capaz de justificar os horrores impostos a centenas de milhares de seres humanos pelos bombardeios em massa das guerras modernas?

E, se a resposta for não, como acredito que seja, o que podemos aprender para nos libertarmos do pensamento que nos faz cruzar os braços (sim, como fizeram os alemães, como fizeram os japoneses) enquanto atrocidades são cometidas em nosso nome?

Podemos pensar nas palavras de Richard Rhodes, que provavelmente estudou a história da bomba atômica mais detidamente do que ninguém:

> O Estado de segurança nacional em que os Estados Unidos se transformaram desde 1945 é, significantemente, uma negação da visão democrática americana: desconfiado da diversidade, sigiloso, marcial, exclusivo, monolítico, paranoico. [...] Outras nações moderaram sua beligerância e atenuaram suas ambições sem perder sua

essência. A Suécia já foi a escória da Europa. Isso ficou para trás. [...] hoje ela é um exemplo de nação tolerante, honrosa e pacífica.

Podemos ter receio do "fanatismo tecnológico", que cegou muitos cientistas do Projeto Manhattan ainda mais que o clarão visto por eles no deserto, e que ainda intoxica toda a nossa cultura.

Podemos rejeitar a crença de que as vidas dos outros valem menos do que vidas americanas, de que uma criança japonesa, ou uma criança iraquiana, ou uma criança afegã valem menos do que uma criança americana. Podemos nos recusar a aceitar a ideia, justificativa universal para a guerra, segundo a qual a violência em massa é um meio aceitável para atingir "bons fins", porque, a esta altura, já deveríamos saber, mesmo aprendendo devagar, que a indignidade dos meios é sempre garantida, e a bondade dos fins é sempre uma incerteza.

O BOMBARDEIO
DE ROYAN

Em meados de abril de 1945, um ataque conjunto por terra e ar concluiu a destruição do resort litorâneo de Royan, na França, um vilarejo de chalés antigos e belas praias (um dos lugares favoritos de Picasso) na costa do Atlântico, perto de Bordeaux. Dez meses haviam se passado desde o Dia D, a invasão da Europa ocidental pelas forças aliadas, e faltavam três semanas para a rendição final da Alemanha. A história oficial da Força Aérea dos Estados Unidos na Segunda Guerra faz uma rápida alusão ao ataque em Royan:

> De 14 a 16 de abril, mais de 1.200 aeronaves pesadas americanas lançaram diariamente bombas incendiárias de napalm e bombas de demolição de novecentos quilos sobre insistentes guarnições alemãs que ainda permaneciam em torno de Bordeaux. O bombardeio foi eficaz, e logo depois as forças francesas ocuparam a região.

De acordo com a história oficial, essas bombas foram lançadas sobre "insistentes guarnições alemãs". É uma declaração enganosa. As bombas foram lançadas em todos os arredores de Royan, onde havia guarnições alemãs (a maioria fora da cidade), mas também em vilarejos com ocupantes civis. Foi a minha participação nessa missão, enquanto bombardeiro do 490º Grupo de Bombas, que me levou a questionar, depois da guerra, o bombardeio de Royan. À época, parecia só mais uma missão de bombardeio com um alvo ligeiramente diferente e uma carga de bombas ligeiramente diferente. Fomos despertados nas primeiras horas da manhã e seguimos para a reunião de instrução, onde ouvimos que nosso trabalho seria bombardear bolsões de tropas alemãs remanescentes em Royan e arredores, e que para isso teríamos um suprimento de bombas com trinta unidades de 45 quilos contendo "geleia de gasolina", uma nova substância (hoje conhecida como napalm). Nossas bombas não se dirigiam exatamente às instalações alemãs – elas foram lançadas sobre a região de Royan por um botão de acionamento que as expelia da aeronave através de uma *bomb bay* – aparato adequado para bombardeios de saturação, não para bombardeios localizados (sem falar que ninguém esperava que a mira Norden, para cujo uso havíamos sido treinados, pudesse atingir instalações inimigas sem ferir civis quando utilizada a uma altura de 25 mil pés). O botão de acionamento era conectado a um intervalômetro, que soltava as bombas automaticamente após a primeira queda em uma sequência cronometrada. Desde a nossa elevada altitude, lembro de ver distintamente as bombas explodindo no vilarejo, flamejando como fósforos acesos na neblina. Eu ignorava por completo o caos humano lá embaixo.

—

Em uma carta-resposta à minha solicitação por informações acerca do bombardeio de Royan, o coronel H. A. Schmidt, do Gabinete do Chefe de História Militar, departamento das Forças Armadas, afirmou:

> A libertação do porto de Bordeaux exigia a redução das cabeças de ponte de Royan, la Pointe de Grave e Oléron. O destacamento de Royan era a principal guarnição alemã remanescente na região de Bordeaux e a grande prioridade das operações. O Oitavo Destacamento Aéreo dos Estados Unidos preparou com bombardeios massivos o caminho para que as forças aliadas avançassem por terra.

A descrição rápida e casual de episódios possivelmente constrangedores é comum em histórias escritas por homens de Estado. Winston Churchill, que era o primeiro-ministro britânico quando a cidade de Dresden sofreu, em fevereiro de 1945, um bombardeio de saturação nada criterioso que deixou 135 mil mortos, e que aprovou a estratégia geral de bombardear áreas urbanas, se limitou ao seguinte comentário em seu livro de memórias: "Realizamos uma pesada incursão em Dresden, então um centro de comunicações da Alemanha na frente oriental, no fim do mês".[6]

Existem argumentos detalhados em defesa dos bombardeios a Hiroshima e Dresden baseados na necessidade militar, muito embora, em última instância, as evidências contrárias a esses argumentos sejam esmagadoras. No caso de Royan, é praticamente impossível esboçar até mesmo uma defesa dos ataques com base em uma hipotética necessidade militar. Estamos falando de um pequeno vilarejo na costa do Atlântico, distante da frente de batalha. É verdade, a cidade guardava a entrada marítima para Bordeaux, um grande porto. Mas não era um lugar de necessidade crucial. Sem Bordeaux e, mais tarde, sem suas funções portuárias, os Aliados haviam invadido a Normandia, conquistado Paris, atravessado o Reno e adentrado a Alemanha. Além disso, a investida geral por terra e ar contra Royan se deu três semanas antes do fim da guerra na Europa, quando todos sabiam que ela logo terminaria, e só restava esperar que as guarnições alemãs estacionadas na região se entregassem.[7]

Seja como for, em 14 de abril de 1945, teve início o ataque a Royan, relatado no dia seguinte ao *The New York Times*, desde Londres, da seguinte maneira:

> Toda a força do Oitavo Destacamento Aéreo dos Estados Unidos foi mobilizada ontem contra uma das frentes esquecidas da Europa, o bolsão sob controle dos alemães no estuário de Gironde, via de acesso para o grande porto de Bordeaux, no sudoeste da França. O ataque de 1.150 aviões Flying Fortress e Liberators, desacompanhados de caças de escolta, antecedeu o ataque por terra das tropas francesas. [...]

De 30 mil a 40 mil combatentes nazistas foram mantidos no bolsão do estuário de Gironde desde que a maré da guerra virou no verão passado. [...] A contundente ofensiva contou com aquela que é, provavelmente, a maior frota de bombardeio já enviada pela Grã-Bretanha à luz do dia sem caças de escolta. Cinco dos grandes aviões não conseguiram retornar.

Será que o ataque aéreo justificaria a perda de cinco tripulações – 45 homens? Essa era só a ponta da tragédia, que pode ser contabilizada em vidas perdidas, lares destruídos, pessoas queimadas e feridas. No dia seguinte, 15 de abril, o ataque foi mais pesado, e os aviões tinham uma nova arma. Uma matéria de primeira página do *The New York Times* escrita em Paris relatava: "Dois dias de bombardeios aéreos arrasadores e ataques ferozes por terra em tentativa de acesso ao porto de Bordeaux". E prosseguia:

> Mais de 1.300 aviões Flying Fortress e Liberators do Oitavo Destacamento Aéreo dos Estados Unidos prepararam o caminho para o bem-sucedido ataque de hoje, soterrando as posições inimigas que controlavam o acesso a Bordeaux dos dois lados do Gironde com 460 mil galões de fogo líquido que fizeram arder em chamas as posições alemãs e os pontos de resistência. [...]
> Foi a primeira vez que o Oitavo Destacamento utilizou sua nova bomba. A substância inflamável é lançada em tanques que explodem com o impacto de detonadores que incendeiam o combustível e esparra-

mam o conteúdo inflamável dos tanques por uma área de aproximadamente 55 metros quadrados.

O fogo líquido era o napalm, ali utilizado em situação de guerra pela primeira vez. No dia seguinte, houve um novo bombardeio com bombas altamente explosivas e novos ataques por terra. Ao todo, foram necessários três dias de bombardeio e incursões por terra para que os alemães ali presentes se rendessem. As forças terrestres francesas sofreram cerca de duzentas mortes; os alemães perderam diversas centenas. Não existe uma contagem precisa em relação à morte de civis resultante desses ataques, mas a reportagem do *The New York Times* feita por um correspondente na região relatava:

> As tropas francesas varreram a maior parte de Royan, na porção norte da boca do rio. [...] Royan é um vilarejo de 20 mil habitantes, outrora um destino de férias. Cerca de 350 civis, atordoados ou feridos pelos dois formidáveis bombardeios aéreos em um intervalo de 48 horas, rastejaram para fora das ruínas e disseram que os ataques aéreos haviam sido "um inferno que jamais julgáramos possível".

Em poucas semanas, a guerra na Europa chegaria ao fim. O vilarejo de Royan, "libertado", ficou completamente em ruínas.

Esse ataque às vésperas da vitória, realizado em meados de abril de 1945, foi o segundo desastre sofrido por Royan nas mãos dos Aliados. Em 5 de janeiro de 1945, durante a escuridão que antecede a alvorada, duas ondas de bombardeiros britânicos pesados sobrevoaram, em um intervalo de mais ou menos uma hora, o vilarejo de Royan, que ainda abrigava cerca de 2 mil pessoas, a despeito da evacuação voluntária ocorrida durante os meses anteriores. Não houve nenhum aviso prévio e não havia onde se abrigar. As bombas foram despejadas sobre o centro da cidade (deixando de atingir as tropas alemãs, que estavam fora dela), dentro de um retângulo demarcado por sinalizadores lançados por um dos aviões. Mais de mil pessoas foram mortas (algumas estimativas falam em 1.200, outras em 1.400). Centenas de pessoas ficaram feridas. Quase todas as construções de Royan foram demolidas. O segundo ataque em abril, portanto, teve como alvo as ruínas de construções e os últimos sobreviventes das famílias, concluindo a aniquilação total da cidade.

O bombardeio de janeiro jamais foi devidamente explicado. Há uma frase recorrente em todos os relatos: "*une tragique erreur*". A explicação dada pelos oficiais militares à época foi de que, originalmente, os aviões estavam programados para bombardear a Alemanha, mas, em razão do mau tempo, foram redirecionados a Royan sem um mapa das posições alemãs. Aviões franceses de Cognac, perto dali, deveriam marcar as posições com sinalizadores, mas ou isso não foi feito, ou foi malfeito, ou os sinalizadores foram carregados pelo vento.[8]

Um despacho escrito por um morador local pouco tempo depois do bombardeio, intitulado "La Nuit Tragique", continha a seguinte descrição[9]:

Sob ocupação alemã. É noite, a calma reina sobre a cidade adormecida, o sino da igreja de Royan marca meia-noite. Depois uma da manhã, duas. [...] Os royanenses dormem, agasalhados contra o frio. Três, quatro da manhã. Escuta-se um zumbido grave ao longe. Foguetes iluminam a praia. Os habitantes não sentem medo; estão tranquilos, pois sabem que aviões aliados, caso estes o sejam, alvejarão as fortificações alemãs, e, além disso, os aviões de suprimento alemães não vinham esta noite? O sino marca cinco horas. Então vem a catástrofe, brutal, horrível, implacável. Um dilúvio de aço e fogo desaba sobre Royan; uma onda de 350 aviões despeja oitocentas toneladas de bombas sobre a cidade. Alguns segundos depois, sobreviventes correm pelas ruas, ocupados em ajudar os feridos. Gritos, último suspiro de vida. Uma mulher clama por ajuda, sua cabeça parece solitária, o corpo soterrado sob uma viga imensa.

[...] Uma família inteira está presa em uma caverna, a água sobe. Os que vem a seu resgate erguem suas cabeças – o murmúrio, persistente, uma nova onda de aviões. Ela conclui a destruição completa de Royan e seus habitantes. Royan cai com o mundo civilizado, pelo erro, pela bestialidade, pela idiotice dos homens. [*Royan a sombré en même temps que le monde civilisé, par l'erreur, la bêtise et la folie des hommes.*]

Oito dias após o ataque, um artigo publicado no *La Libération* clamava por ajuda: "Amigos dos Estados Unidos, onde as praias da Flórida jamais conheceram tempos assim, ocupem-se com a construção de Royan!".

Em 1948, o general De Larminat, comandante das forças francesas na porção ocidental (ou seja, na região de Bordeaux) durante os últimos seis meses da guerra quebrou um longo silêncio para responder a críticas ácidas contra os bombardeios de janeiro e abril feitas por líderes locais. Ele eximiu o comando militar francês em Cognac, alegando que eles não eram responsáveis por direcionar os aviões ingleses a Royan. Fora, em vez disso, um "erro trágico" do Comando Aliado; todo o episódio era uma das infelizes consequências da guerra[10]:

> Usaremos isso como desculpa para atacar nossos Aliados, que inúmeras vidas deram para libertar nosso país? Seria profundamente injusto. Todas as guerras trazem esses erros dolorosos. Qual homem de infantaria de 1914-1918, ou desta guerra, que não sofreu com fogo amigo, com má pontaria? Quantos vilarejos franceses, quantas unidades de combate não foram alvo, por engano, de bombardeios pelas mãos de aviões aliados? Esse é o doloroso preço, o inevitável preço da guerra, contra o qual é inútil protestar, contra o qual é inútil brigar. Prestemos homenagem àqueles que morreram na guerra, auxiliemos os sobreviventes a reconstruir as ruínas; mas não remoamos as causas desses tristes eventos, pois na verdade a causa é uma só: a guerra, e os únicos verdadeiros responsáveis são aqueles que quiseram a guerra.

(Compare o comentário com a explicação do bombardeio de Dresden dada pelo marechal do ar *sir* Robert Saundby:

Foi uma dessas coisas terríveis que às vezes acontecem em períodos de guerra, provocadas por uma combinação infeliz de circunstâncias. Aqueles que aprovaram a ação não eram maus ou cruéis, embora seja bem possível que estivessem longe demais da dura realidade da guerra para compreender de todo o aterrorizante poder de destruição de um bombardeio aéreo na primavera de 1945. [...]

Não é tanto a forma de travar uma guerra que a torna imoral ou desumana. A guerra em si é que é imoral. Uma vez que uma guerra de ampla escala tem início, ela já não pode mais ser humanizada ou civilizada, e se um dos lados tenta fazer isso, é muito provável que acabe derrotado. Quando recorremos à guerra para acertarmos diferenças entre nações, via de regra precisamos enfrentar os horrores, as barbaridades e os excessos que a guerra traz consigo. Essa, para mim, é a lição deixada por Dresden.)

Algumas importantes evidências acerca do bombardeio de janeiro vieram à tona em 1966 com a publicação das memórias do almirante Hubert Meyer, comandante francês na região de La Rochelle-Rochefort (os dois portos atlânticos imediatamente ao norte de Royan). Em setembro e outubro de 1944, quando os alemães se dirigiam para o oeste fugindo da invasão dos Aliados no norte da França e se agrupavam na costa do Atlântico, Meyer abriu negociações com o comandante alemão em La Rochelle--Rochefort, o almirante Schirlitz. De fato, eles acordaram que os alemães não explodiriam as instalações portuárias e, em troca, os franceses não atacariam os alemães. Então os alemães evacuaram Rochefort, deslocando-se para o norte rumo à região de La Rochelle, respeitando linhas negociadas pelas duas partes.

No final de dezembro de 1944, Meyer foi convocado a viajar para o sul ao longo da costa, de Rochefort para Royan, onde o segundo agrupamento costeiro alemão estava sob comando do almirante Michahelles, para negociar uma troca de prisioneiros. Durante as conversas, ele ouviu que o almirante alemão estava disposto a assinar um tratado para manter o status quo militar em torno de Royan, assim como Shirlitz havia feito em La Rochelle-Rochefort. Meyer apontou que Royan era diferente, pois os Aliados poderiam ter de atacar os alemães dada a posição de Royan em relação a Bordeaux, onde a livre passagem de bens era necessária para abastecer o sudoeste. Os alemães, para surpresa de Meyer, responderam que poderiam concordar em abrir Bordeaux para todas as cargas, à exceção de suprimentos militares.

Quando levou a oferta para o quartel-general francês em Saintes e Cognac, Meyer obteve uma resposta fria. Os generais franceses não conseguiram apresentar uma razão militar sólida para insistir no ataque, mas apontaram para "*l'aspect moral*". Seria difícil, disse o general D'Anselme, "frustrar o desejo ardente por batalha – uma batalha em que a vitória era garantida – do Exército no Sudoeste, que se impacientava havia meses".[11]

Meyer disse que, com a guerra praticamente vencida, o moral das tropas não justificava o sacrifício de um vilarejo inteiro e de centenas de vidas em benefício de um objetivo limitado, e que eles não tinham o direito de matar um único homem após o adversário ter oferecido um armistício.¹²

A continuidade das discussões, segundo lhe disseram, dependeria do retorno do general De Larminat, que se encontrava em viagem.

Meyer deixou a reunião com a nítida impressão de que o ataque já era fato consumado ("*l'impression très nette que les jeux étaient faits, que Royan serait attaquée*"). Isso ocorreu em 2 de janeiro. Três dias depois, dormindo em Rochefort, ele acordou com o som de aviões voando para o sul em direção a Royan. Eram aviões britânicos Lancaster, 350 ao todo, cada um carregando sete toneladas de bombas.

Meyer acrescenta mais uma informação: cerca de um mês antes do bombardeio de 5 de janeiro, um general americano, comandante do Nono Destacamento Tático Aéreo, foi a Cognac oferecer às forças do Sudoeste um poderoso apoio de bombardeio e sugeriu enfraquecer as aglomerações de tropas inimigas no Atlântico com bombardeios aéreos massivos. Sugeriu que, como os alemães não tinham defesas aéreas para Royan, aqueles eram bons alvos para as tripulações de bombardeiros em treinamento na Inglaterra. Os franceses concordaram, mas insistiram na ideia de que os alvos se concentrassem em dois pontos formando um enclave visível no oceano – e, portanto, fáceis de diferenciar da cidade em si. Porém, não houve mais notícias dos americanos até o bombardeio.¹³

No fim das contas, não foram tripulações em treinamento, mas pilotos experientes os responsáveis pelo bombardeio, e Meyer conclui que mesmo o general americano (enviado de volta aos Estados Unidos depois disso como bode expiatório, segundo sugere Meyer) não era de todo responsável.

A culpa recai, segundo argumenta, em parte sobre o Comando de Bombardeio Britânico, e em parte sobre alguns generais franceses, por não terem insistido no que De Gaulle havia determinado quando visitou a região em setembro: ataques aéreos só deveriam ser executados ali em coordenação com investidas terrestres. Meyer conclui, porém, que os verdadeiros responsáveis não foram os comandantes militares locais. "Devastar uma cidade como esta está além de qualquer decisão militar. É um ato político grave. É impossível que o Supremo Comando [ele se refere a Eisenhower e sua equipe] não tenha sido ao menos consultado." Na hipótese, diz ele, de os Aliados ficarem chocados com suas acusações, estes deveriam apresentar seus dossiês militares e, pela primeira vez, revelar a verdade.

Se em janeiro de 1945 (apesar da contraofensiva de Natal de Von Rundstedt em Ardenas), parecia claro que os Aliados, com grandes avanços na França, e os russos, que haviam imposto uma retirada aos alemães, se encaminhavam para a vitória, então, em abril de 1945, pouca dúvida restava de que a guerra se aproximava do fim. A rádio de Berlim anunciou em 15 de abril que Rússia e Estados Unidos estavam prestes a reunir suas forças em torno do Elba, e duas regiões estavam sendo criadas para uma Alemanha repartida em duas. Entretanto, uma grande operação por terra e ar contra o bolsão de Royan foi iniciada em 14 de abril, na qual mais de mil aviões despejaram bombas sobre uma força composta por 5.500 homens alemães em um vilarejo que, à época, provavelmente abrigava menos de mil pessoas.[14]

Um artigo escrito no verão de 1946 por um escritor local comentou sobre o ataque de meados de abril:

> Esses atos finais plantaram uma imensa amargura nos corações do povo de Royan, pois logo em seguida veio o armistício, um armistício previsto por todos. Para os royanenses, a libertação à força foi inútil, dado que Royan teria sido, como La Rochelle, libertada normalmente alguns dias mais tarde, sem novos danos, sem novas mortes, sem novas ruínas. Somente aqueles que visitaram Royan podem ter uma dimensão do desastre. Nenhum relato, foto ou imagem é capaz de expressá-lo.

Outro morador local escreveu:[15]

> Sem dúvida, a destruição de Royan em 5 de janeiro de 1945 foi um erro e um crime: mas o toque final desse disparate foi o derradeiro ataque aéreo às ruínas, contra edifícios parcialmente danificados e outros incrivelmente poupados na periferia, lançando mão de uma carga infernal de bombas incendiárias. Assim foi executada uma tarefa mortífera de evidente inutilidade, bem como revelada ao mundo a poderosa capacidade destrutiva do napalm.

As evidências parecem indicar de forma contundente que o orgulho, a ambição militar, a glória e a honra foram motivações poderosas para produzir uma operação militar desnecessária. Um dos comandantes locais escreveu mais tarde: "Teria sido mais lógico esperar a rendição da Alemanha e, assim, evitar novas perdas humanas e materiais", mas não era possível "ignorar importantes fatores de ordem moral" ("*faire abstraction de facteurs essentiels d'ordre moral*").[16]

Em 1947, uma delegação de cinco líderes de Royan se encontrou com o general De Larminat. Após a guerra, De Larminat foi banido de Royan por seus habitantes, enfurecidos pelas operações militares que, sob seu comando, haviam destruído o vilarejo e pelo saque generalizado das casas de Royan por soldados franceses depois da "libertação". Agora ele esperava persuadir os royanenses de que eles haviam cometido um engano. A reunião é descrita pelo dr. Pierre Veyssière, antigo líder da Resistência em Royan e agraciado com a Croix de Guerre, que disse na ocasião esperar uma explicação para o "sacrifício inútil" da população do vilarejo, mas "minha ilusão foi total, absoluta". Segundo seu relato, De Larminat teria alegado que o Exército francês não desejava que o inimigo "se rendesse em seus termos; isso daria a impressão de que os alemães não haviam sido conquistados".[17]

Outro membro da delegação francesa, o dr. Domecq, ex-prefeito e antigo líder da Resistência, também respondeu ao general De Larminat:

> Royan foi destruída por engano, segundo o senhor disse, meu general. [...] Os responsáveis foram punidos, a or-

dem para atacar, alguns dias antes da libertação, não podia ser questionada pelos militares. [...] Os alemães precisavam sentir o nosso poder! Permita-me, general, dizer ao senhor, de uma vez por todas, em nome daqueles que pagaram o preço: "La Victoire de Royan" não existe, exceto para o senhor.

O general De Larminat respondeu às críticas em uma carta destinada a Paul Métadier.[18] Orgulho e ambição militar, ele apontou, não bastavam enquanto explicação para uma operação tão gigantesca; era preciso buscar uma fonte mais ampla: "Esse orgulho, essa ambição, não tinham o poder de manufaturar os projéteis utilizados, de criar as unidades enviadas, de mobilizar as importantes Forças Aéreas e Navais que participaram". De Larminat disse ter preparado os planos necessários para liquidar "*les poches d'Atlantique*", mas não determinou a data. Definiram a data para ele, e ele executou os planos.

Encerrou sua resposta com um apelo ao patriotismo: "Devemos, portanto, condenar ao opróbio velhos combatentes porque alguns indivíduos isolados cometeram atos infelizmente inevitáveis em períodos de guerra? Sempre foi assim, em todas as guerras de todos os tempos. Que eu saiba, ninguém jamais usou isso como pretexto para reduzir a glória e a coragem dos sacrifícios feitos pelos combatentes". Ele falou das "pessoas simples e direitas" que estabelecerão "a glória e a independência nacionais" à frente de "perdas materiais", e "jamais esquecerão o respeito devido àqueles que lutaram, muitos dos quais sacrificaram suas vidas por um ideal patriótico de que os descontentes [*les attentistes*] sempre ignoraram".

O almirante Meyer, mais simpático a De Larminat do que a maioria dos críticos do general, observou o ataque a Royan das alturas de Médis e descreveu a cena:

> O tempo estava bom, o calor era opressivo. Sob uma fantástica concentração de fogo, as posições inimigas, o bosque e as ruínas de Royan arderam em chamas. Os campos e o céu estavam espessos de pólvora e fumaça amarela. Com dificuldade, era possível discernir a silhueta mutilada da torre do relógio de Saint-Pierre, que ardeu como uma tocha. Eu sabia que os aviões aliados estavam utilizando pela primeira vez um novo tipo de explosivo incendiário, uma espécie de gasolina em gel conhecida como napalm.

De Larminat, disse ele, tinha dias bons e dias ruins. E aquele foi um de seus dias ruins, pois à noite, após a tomada de Royan, Meyer foi ver o general: "Ele estava visivelmente satisfeito por ter executado essa brilhante vingança. [...] Nem é preciso dizer que estava embriagado no próprio sucesso, e pareceu-me até que seu apetite havia sido estimulado [...]".

Essa exultação foi sentida em todos os níveis. Um correspondente de imprensa presente na cena descreveu a artilharia pesadíssima do bombardeio que preparou o ataque à região de Royan: 27 mil projéteis. Depois, o primeiro bombardeio aéreo em 14 de abril, um sábado, com explosivos de alta potência. Depois, o bombardeio com napalm durante toda a manhã de domingo. Às sete da noite daquele dia, eles estavam em Royan. Era uma fornalha em brasas. ("*La ville est un brasier.*") Na manhã seguinte, eles ainda ouviam o matraquear de metralhadoras nos bosques perto dali. Royan ainda queimava. ("*Royan brûle encore.*") O despacho termina: "É uma linda primavera".

Com Royan tomada, eles decidiram atacar a ilha de Oléron, de frente para Rochefort. Como Meyer diz:

> A nova vitória havia inflamado os ânimos de nossos soldados, transmitindo a ideia de que nada poderia resistir a eles. Notícias da frente na Alemanha previam um fim próximo para a guerra. Todos desejavam um último momento para se distinguir e angariar alguma glória; a moderação era vista com desdém, a prudência, considerada sinal de covardia.

Meyer não acreditava que o ataque a Oléron fosse necessário. Mas ele participou assiduamente do planejamento e da execução, contente por estar novamente envolvido em uma operação naval e convencido de que sua obrigação era apenas cumprir ordens vindas de cima.

> O ataque a Oléron era questionável do ponto de vista da estratégia geral. Era um luxo custoso, uma conquista sem valor militar às vésperas do término da guerra. Mas não cabia a mim julgar. Meu dever se limitava a dar o meu melhor na hora de tomar decisões militares para executar as ordens recebidas.

Meyer culpa os líderes políticos acima dele. *Culpar* não parece a palavra certa, porque Meyer considera honroso cumprir ordens, sejam elas quais forem, contra qualquer adversário escolhido para ele: "*Quant au soldat, depuis des millénaires, ce n'est plus lui qui forge ses armes et qui choisit son adversaire. Il n'a que le devoir d'obéir dans la pleine mesure de sa foi, de son courage, de sa résistance*".[19]

No caso da destruição de Royan, pode-se ver como uma cadeia infinita de causas e a dispersão infinita de responsabilidades são capazes de render trabalho interminável aos acadêmicos de história e à especulação sociológica, e também de provocar uma paralisia infinitamente prazerosa da vontade. Que grande conjunto de motivos! No Supremo Comando Aliado, o mero impulso da guerra, a inércia de compromissos e preparações anteriores, a necessidade de fechar o ciclo, de empilhar as vitórias mais grandiosas possíveis. Ao nível dos militares locais, as ambições, grandes e mesquinhas, a luta pela glória, a necessidade ardente de participar de um grande esforço comunal com soldados de todas as patentes. Da parte da Força Aérea dos Estados Unidos, a ânsia por testar uma arma recém-desenvolvida. (Paul Métadier escreveu: "De fato, a operação se caracterizou, acima de tudo, pelo lançamento de novas bombas incendiárias que a Força Aérea havia acabado de receber. Segundo a famosa frase de um general: 'Elas eram maravilhosas!'".) E, dentre todos os participantes, de alta e baixa patentes, franceses ou americanos, o motivo mais poderoso de todos: o hábito da obediência, ensinamento universal de todas as culturas, de não sair da linha, nem mesmo para pensarmos naquilo que fomos designados a pensar, a motivação negativa de não ter nem razão, nem vontade de interceder.

Todos podem apontar outra pessoa como responsável, e todos estariam certos. No memorável filme *King & Country*, um rapaz interiorano britânico de ideias simples deixa um belo dia as trincheiras da Primeira Guerra, afastando-se do massacre. Ele é condenado à morte em um processo de duas etapas e, embora ninguém ache que ele de fato mereça a execução, os oficiais de cada uma das etapas podem responsabilizar os da outra. O tribunal de primeira instância o condena à morte, acreditando que assim lhe dava uma lição, mas esperando que o tribunal de apelação revertesse o veredito. A instância de apelação, ao manter o veredito, pode argumentar que a execução não foi decisão sua. O homem é fuzilado. Esse procedimento, podemos lembrar, remonta à Inquisição, quando a Igreja apenas conduzia o julgamento, enquanto o Estado realizava a execução, deixando Deus e o povo confusos quanto à origem da decisão.

Cada vez mais em nossos tempos a profusão do mal em larga escala exige uma divisão de trabalho imensamente complicada. Ninguém é de fato responsável pelos horrores resultantes. Mas todos são negativamente responsáveis, porque qualquer um poderia desligar a máquina. Não exatamente, é claro – poucas pessoas têm acesso aos botões. Os demais contam apenas com as próprias mãos e os próprios pés. Ou seja, o poder de interferir na terrível sucessão dos fatos é distribuído de maneira desigual e, portanto, o sacrifício necessário varia conforme os meios de cada um. Nesta estranha perversão do natural que chamamos de sociedade (ou seja, a natureza parece equipar cada espécie para suas necessidades especiais), quanto maior a capacidade de alguém interferir, menos urgente é sua necessidade de interferir.

As vítimas de hoje – ou de amanhã – são as pessoas com maior necessidade e menos acesso aos botões. Elas precisam usar seus corpos (o que pode explicar por que a rebelião é um fenômeno raro). Talvez isso indique que aqueles de nós que dispõem de algo além das próprias mãos e tenham o mínimo interesse em parar a máquina precisam desempenhar um papel peculiar para encerrar a paralisia da sociedade.

Isso pode requerer resistir a uma falsa cruzada – ou recusar uma ou outra expedição de uma verdadeira cruzada. Mas, em todo caso, significa recusar-se a ser imobilizado por ações de outras pessoas e verdades de outros tempos. Significa agir segundo nossos pensamentos e sentimentos, aqui, agora, com nossa carne, com nossos sentidos humanos, em oposição a ideias abstratas de dever e obediência.

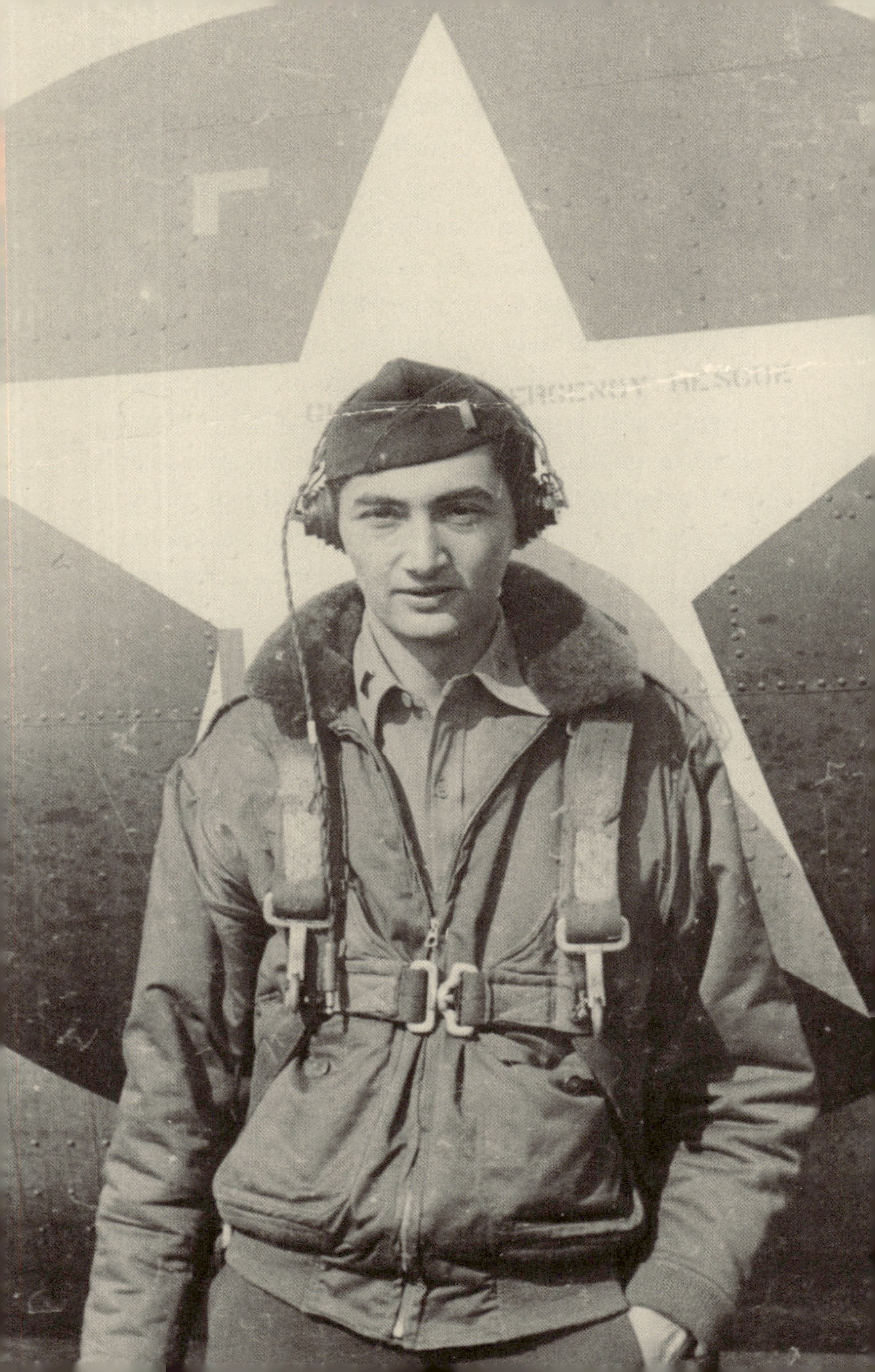

Sobre o autor

Howard Zinn (24 de agosto de 1922–27 de janeiro de 2010) cresceu na parte pobre do Brooklyn, onde moravam os imigrantes, e trabalhou em estaleiros no final da adolescência. Serviu em combate como bombardeiro da Força Aérea na Segunda Guerra; mais tarde, doutorou-se em história pela Universidade de Columbia e cursou pós-doutorado em estudos do Leste Asiático em Harvard. Zinn é autor de muitos livros, incluindo seu clássico com mais de 1 milhão de exemplares vendidos, *A People's History of the United States* e, ainda, *A Power Governments Cannot Suppress*.

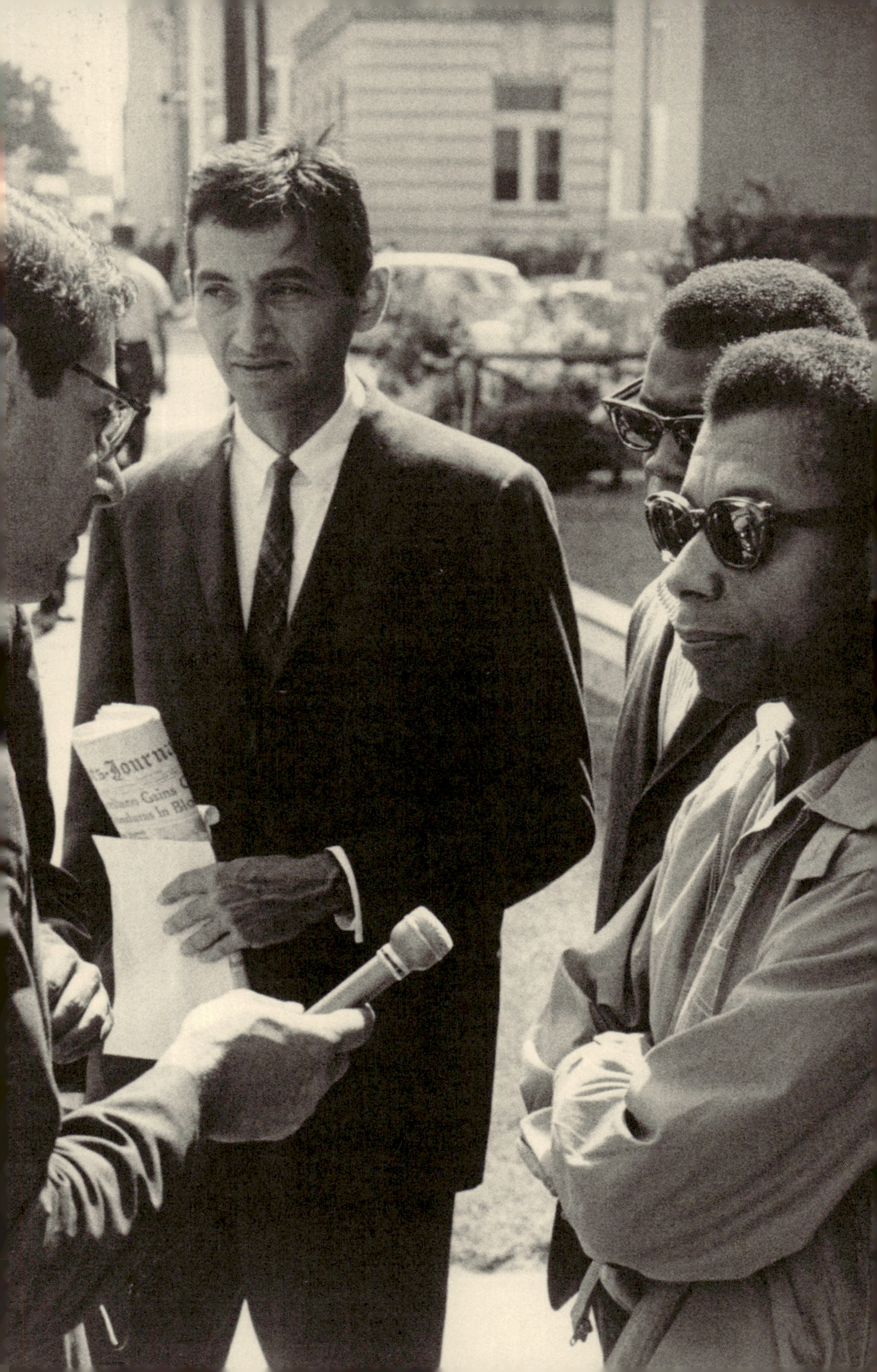

Notas

Pequenos e grandes atos de rebelião

1 O episódio 1.911 de *Os Simpsons*, "That '90s Show", apresenta uma versão jovem de Marge Simpson com um exemplar de *A People's History of the United States*, de Zinn. O episódio três da quarta temporada de Família Soprano, intitulado "Cristopher", centra-se no Dia de Colombo e apresenta uma referência a Zinn e a *A People's History of the United States*.
2 Essas frases foram copiadas de "Teacher, Friend, and Compañero: Howard Zinn", reflexões a respeito de Howard que escrevi no dia seguinte à sua morte em janeiro de 2010 e publicadas pela Znet.
3 "Mr. Obama's Nuclear Policy", Editorial. *The New York Times*, 6 abr. 2010.

Hiroshima: Quebrando o silêncio

4 Em Roterdã, 980 pessoas foram mortas no ataque alemão de 14 de maio de 1940; em Coventry, 380. Ver David Irving, *The Destruction of Dresden* (Nova York: Holt, Reinhart & Winston, 1964), cap. 1.
5 T. C. Cartwright, *A Date with the Lonesome Lady: A Hiroshima POW Returns*. Burnet: Eakin Press, 2002.

O bombardeio de Royan

6   David Irving, op. cit., parte II (sobretudo cap. II, "Thunderclap", que mostra o papel de Churchill na execução de grandes ofensivas contra cidades na Alemanha Oriental) e parte v, cap. II (em que Churchill, mais tarde, parece tentar pôr a culpa no Comando de Bombardeios).

7   Além disso, em uma observação que preciso relegar a esta nota como gesto de isonomia para com as vítimas: um aspecto diferenciava Royan de Hiroshima e Dresden: sua população era, ao menos oficialmente, aliada, e não inimiga.

8   Isso foi repetido pelo menos até 1965, no livro do dr. J. R. Colle *Royan, son passé, ses environs* (Paris: La Rochelle, 1965), que resume o incidente no capítulo "La Résistance et la libération".

9   O periódico em que o artigo figurou já não está disponível, mas o artigo, assim como muitos outros aos quais farei referência, foi compilado em um pequeno e notável livro produzido por uma editora de Royan, antiga participante da Resistência (Botton, Père et fils) em 1965, intitulado *Royan: Ville Martyre*. As traduções são minhas. Um texto ácido de introdução escrito por Ulysse Botton fala em "la tuerie" (o massacre) de 5 de janeiro de 1945. Há uma foto da Royan reconstruída, com prédios modernos em vez dos antigos chalés. "Nossos visitantes, franceses e estrangeiros em férias, deveriam com isso aprender, caso ainda não saibam, que esta nova cidade e essa arquitetura moderna são resultado de assassinatos até hoje não admitidos nem punidos."

10 Do compêndio Botton. Trata-se, é claro, de uma visão amplamente comum: "c'est la guerre" – uma submissão triste e resignada à inevitabilidade. Encontramos isso inúmeras vezes no Le Pays d'Ouest, um periódico do pós-guerra, hoje extinto, que publicou um artigo intitulado "Le Siège et attaque de Royan" afirmando: "Qualquer que tenha sido o motivo,

o bombardeio a Royan em 5 de janeiro de 1945 deve constar entre os erros lamentáveis que, infelizmente, são difíceis de evitar no contexto de operações extremamente complexas da guerra moderna".

11 Assim foi a conversa conforme relato de Meyer, em seu capítulo "Royan, ville détruite par erreur". Meyer tende a glorificar suas próprias ações neste livro, mas o relato se encaixa com outras evidências.

12 Três outras evidências sustentam a alegação de Meyer segundo a qual os alemães estavam prontos para se entregar:

A. Um despacho em Samedi-Soir em maio de 1948 (reproduzido em parte na coletânea Botton) conta uma estranha história que vai até mais longe que a de Meyer. Segundo relata, tendo como base um documento que o autor diz ter encontrado no Ministério das Forças Armadas, um agente britânico sob o codinome "Aristide", que havia saltado de paraquedas na França para se somar à Resistência, relatou mais tarde ao governo em Londres que os alemães na zona de Royan tinham oferecido uma rendição caso recebessem honrarias de guerra, mas o general francês Bertin teria respondido que uma rendição para os britânicos criaria um "incidente diplomático". Isso ocorreu, supostamente, em 8 de setembro de 1944.

B. Uma carta aberta para o general De Larminat escrita pelo dr. Pierre Veyssière, ex-líder da Resistência de Royan (reproduzida na coletânea Botton), afirma: "Agora temos certeza de que, em agosto e setembro de 1944, o alto-comando alemão – o comandante das forças em Royan – propôs uma rendição que, se houvesse ocorrido, teria evitado o pior; sabemos que ele havia feito contato em duas ocasiões com o coronel Cominetti, chamado de Charly, o comandante dos grupos de Médoc; também sabemos que essas tentativas

>   de negociação foram pura e simplesmente rejeitadas pela base francesa em Bordeaux com o intuito, sem dúvida, de engrandecer seu prestígio militar".
>
> c. O artigo de Paul Métadier (reimpresso em um panfleto, disponível na biblioteca de Royan) em *La Lettre Médicale*, em fevereiro de 1948, cita sir Samuel Hoare, ex-embaixador britânico na França, como fonte para o fato de que o comando militar francês se opusera à rendição do general alemão aos britânicos.

13 Essa história também consta de *Histoire de la libération de la France, June 1944–May 1945*, de Robert Aron (Paris: Librarie Arthème Fayard, 1959). Aron robustece o argumento ao apontar que o general americano passou parte da visita com um jornalista da FFI (Forças Francesas do Interior) que chamou os habitantes de Royan de "colaboracionistas".

14 J. R. Colle, op. cit. Ele relata que os alemães, sob comando do almirante Michahelles, dispunham de 5.500 homens, 150 canhões e quatro baterias antiaéreas. Estavam bem abrigados em bunkers de concreto e rodeados por campos de minas terrestres.

15 "Les Préparatifs de l'attaque" na coletânea Botton. O mesmo autor afirma (com base em uma pesquisa histórica de J. Mortin, *Au Carrefour de l'Histoire*) que a fórmula do napalm foi descoberta no século XVIII por um ourives de Grenoble, que o teria apresentado ao Ministério da Guerra, e Luís XV ficou tão horrorizado que mandou queimar os documentos, alegando que uma força tão espantosa deveria permanecer desconhecida pelo bem da humanidade.

16 *Revue Historique de l'Armée*, jan. 1946. Um artigo em um jornal regional publicado depois da guerra comentou sobre os envolvidos no ataque de abril: "Graças a eles, não é possível dizer que o Exército francês se manteve impotente perante os redutos alemães na barreira do Pacífico" (*Le Pays d'Ouest*, cópia na biblioteca de Royan).

17 Carta aberta ao general De Larminat, dirigindo-se sarcasticamente a ele como "libérateur" de Royan. Reproduzido na coletânea Botton.
18 A correspondência entre Métadier e De Larminat consta de um panfleto em posse da biblioteca de Royan. A biblioteca de Royan original foi destruída durante os bombardeios; em 1957, após doze anos, uma nova biblioteca foi construída.
19 Em dado momento, Meyer cita Bismarck, que fez os estudantes alemães escreverem: "O homem não foi posto no mundo para ser feliz, mas para cumprir com seu dever!". Em outro vislumbre assustador do que um militar bem treinado de nosso século é capaz de acreditar, Meyer fala com admiração do laço especial promovido pelo mar (*"une commune maîtresse: la mer"*), que une marinheiros de diferentes nações em seu dever patriótico, como exemplo da louvável unidade em ação, ao desembarque das tropas europeias na China em 1900 para sufocar o levante Boxer.

FONTE   Guyot, GT America
PAPEL   Pólen Natural 80 g/m²
IMPRESSÃO   Gráfica Loyola

São Paulo, fevereiro de 2025